3KY自我介紹法、時間順序邏輯、PRM演繹
從職場到日常，超百搭演說框架

從0到1搞定
即興演講

于木魚 著

Speech Power

如何在臺上輕鬆表達談吐自信？害怕臺風不佳或是講話結巴？

緩解緊張情緒、良好形象氣場、觀眾參與度、百搭演說框架……
零基礎也能駕馭的演講力訓練！

目 錄

推薦序

即興演講是每一個人都應該具備的職場能力　　009

PREFACE 序言

1. 感謝你幫我踏入即興演講之門　　013
2. 感謝大家對我的支持　　014
3. 感謝你能夠翻開這本書　　014

PREFACE 前言

關於演講你必須打破的 3 個失誤　　016
關於本書你必須知道的 3 個要點　　023

第一章　〈認知〉
別怕，緊張沒你想的那麼可怕

1.1 什麼是緊張？緊張是人的一種正常情緒　　027
1.2 過度緊張的表現　　030
1.3 過度緊張帶來的影響阻礙我們的自然演講之路　　032
1.4 面對緊張對我們的影響的解決方案　　034
1.5 緊張真的不好嗎？其實緊張也有好的一面　　047
突破自己，站上舞臺　　050
自己練習的時候也可以達到緩解緊張的效果嗎？　　051

第二章　〈開場〉
萬事起頭難，好的開場是成功演講的一半

2.1 即興演講緊張到連第一句話都不會說？
　　開場的第一句話永遠都是……　　055
2.2 即興演講開場中的自我介紹　　059
2.3 即興演講開場中的中華特色 —— 客氣話　　068
2.4 即興演講開場的點睛之筆 —— 引出主題　　078
1 分鐘不同場景開場白訓練　　090
如何做一次精彩的開場白？　　091

第三章 〈邏輯〉
5 種即興演講中的重要邏輯，讓你的演講有根有據

3.1 即興演講中的時間順序邏輯，
　　讓你講明白一個故事　　　　　　　　　　095
3.2 即興演講中的結構順序邏輯，
　　讓你的表達有標籤　　　　　　　　　　　111
3.3 即興演講中的重要性順序邏輯，
　　讓你的表達有重點　　　　　　　　　　　116
3.4 演講中的歸納思維，讓你講清楚說明白　　128
3.5 演講中的演繹思維，讓你的表達更有說服力　135
任選一題，進行一次即興演講　　　　　　　　143
如何讓表達更有邏輯？　　　　　　　　　　　144

第四章 〈氣場〉
好聲音塑造好印象，好形象帶來強氣場

4.1 你的聲音可以價值連城　　　　　　　　　149
4.2 聲音的基礎 ── 響亮、停頓、上行語勢　150
4.3 氣息是你聲音的力量　　　　　　　　　　156

4.4 標準舞臺姿態，讓你在舞臺上更有自信	159
4.5 演講級手勢動作增強舞臺感染力	165
4.6「顏值」是「言值」的助推劑，好衣著帶來好印象	170
帶著手勢動作進行故事複述	173
是不是每一句話都要出手勢動作呢？	177

第五章 〈控場〉
會互動的演講者，更受觀眾喜歡

5.1 學會控場提問，掌控演講現場互動感	181
5.2 即興表達，彰顯語言能力	185
5.3 遊戲控場力，學會玩遊戲就能調動觀眾舞臺參與感	199
好即興玩出來	204
為什麼我帶別人玩遊戲的時候氣氛總是不夠高？	205

第六章 〈呈現〉
舞臺演講不用愁，PPT 演講有訣竅

6.1 用好這些演講工具，讓你的 PPT 演講準備充分	208
6.2 如何製作一個不錯的演講 PPT	218

6.3「P人合一」讓你的演講彙報脫穎而出	221
用 BAF(E)(E) 法進行一次演講 PPT 工作彙報	226
為什麼我做不好 PPT 演講？	227

第七章 〈應用〉
在不同場合熟練運用演講技巧，才是個人影響力的真正開始

7.1 用精彩的工作彙報演講獲得更多晉升機會， 讓主管體會到你的工作能力	231
7.2 在公司的演講大會上脫穎而出， 讓主管更加青睞你	235
7.3 在公司的年會分享中引人注目， 讓大家都記住你	237
7.4 在公司的路演中增強說服力， 讓投資商更信賴你	239
7.5 在公司的宣講會上講解清楚， 突出產品優勢，讓客戶有消費欲望	241
用你的演講影響身邊更多的人	243
為什麼我總是不能向客戶清楚講解公司的新產品？	244

後記：于木魚的從 0 到 1 的即興演講之路

退伍後迷茫但不迷失	247
表哥是表率	247
演講小白也可以成為即興演講達人	248
將熱愛變成職業	249

推薦序

即興演講是每一個人都應該具備的職場能力

獨立股權人 查理

　　很多人會自然而然地認為，身為一個職場人，一定要具備強而有力的硬實力。也正因為這一點，很多人也更加執著於硬實力的累積，而忽略軟實力的學習與培養。這往往導致很多人不理解，為什麼我的專業能力不比別的同事差，為什麼工作幾年了一直沒有升職，甚至連加薪也沒有份？這很可能是我們並不是沒有硬實力，而是缺少讓別人看到硬實力的能力，缺少表達自己，展現自己，甚至傳播自己理念從而影響別人的能力──演講能力。並且這不是普通的演講能力，這是隨時隨地都要展現的即興演講能力。

　　在職場上，即興演講不是高要求，而是職場必備能力。現在大部分企業在應徵中，越來越注重表達能力與溝通能力。因為這兩個能力可以說是展現自己的最快方式，是讓別人快速了解自己的最直接的入口。並且，較好的表達能力能夠在工作時減少人與人之間的溝通成本，具備更好表達能力的人往往可以獲得更多的職場機會，這些都是身為職場人所

毋庸置疑的。

那麼，怎樣擁有更好的表達能力？其實，在職場中的我們所面對的表達問題更多的是即興表達。有準備的表達往往能夠讓我們有時間準備，這樣會有一種心裡有底的感覺。但最令職場人頭疼的是突如其來的客戶問題以及毫無準備的當眾分享。這往往難倒了很多職場人，而這又是職場中非常常見的現象。怎樣能夠在短時間內快速組織語言並能夠表達出自己的所思所想讓對方理解，這是職場人士的關鍵能力。

技術導向的職位就不需要表達了嗎？不，即使是技術類職位，也需要即興表達。可能很多人還對技術類職位有一些刻板印象，覺得只要專注自己的部分就好了，但是公司對每一個職位的要求都不僅僅是專業本身。

以前的財務人員可能更傾向於只做報表、算數據就好了，但是現在企業更希望財務人員可以講出來，為什麼能算出這個數字，為什麼第二年要有這樣的預算。並且管理者更希望哪怕是隨時問起，也能夠快速得到想要的資訊。

我們印象中的 IT 工作人員，可能更傾向於寫寫程式就好了。如果升職成為 IT 主管，雖然也要寫程式碼，但身為主管就要帶團隊，要為團隊開會，要向主管彙報，這時就需要隨時隨地的溝通和表達。

再像設計師，以前我們認為設計師只要畫好設計圖就好

了，但是現在公司要求設計師不僅要有想法，有邏輯，還要會表達，甚至要會隨時隨地的說出自己的想法，這也是即興表達，也是即興演講。

　　即興演講是無時無刻都存在的，即興表達能力是每一個職場人的關鍵技能，也是企業在用人時越來越重視和參考的用人標準之一。我們總能發現，越會表達的人機會越多，越會表達的人升職越快，越會表達的人更受青睞。這本書用簡單有效的技巧方法，可以讓你從 0 到 1 搞定你懼怕、擔憂但非常需要的即興演講。

推薦序

PREFACE 序言

感謝即興演講讓我成為一個幸運的人

1. 感謝你幫我踏入即興演講之門

在我們的人生當中總會有一些貴人出現，他們或許幫你解決燃眉之急，或許為你雪中送炭，或許點亮了你的人生。我的人生當中也有這樣一位貴人，她是我在即興演講培訓路上的啟蒙老師，也是我的師父 —— 單寶珠老師。我在即興演講這條路上能夠有今天的進步，離不開師父當年對我的栽培和教導。雖然那段學習演講的時光，讓我確實「受盡折磨」。但如果沒有那般的嚴格，可能我也不會在這條路上走得這麼久，也可能就不會有這本書。

感謝您將我帶進演講大門。

感謝您讓我知道：「講課就是通俗易懂，深入淺出的過程。」感謝您讓我相信每一個人都可以是即興演講高手。

PREFACE 序言

2. 感謝大家對我的支持

　　我在轉型做演講培訓師這條路上經歷了太多的不如意，家人反對，朋友質疑，甚至自我懷疑。但能夠走到今天並且能有這本書，完全離不開大家對我的支持——我所有教授過以及即將教授的同學們。

　　如果說師父將我帶進即興演講大門，那大家因為即興演講的改變和進步是讓我堅定地走到今天的唯一動力。讓我相信即使路途如此艱難，但即興演講仍可以帶給更多人想要的突破和改變，做最出色的自己。

3. 感謝你能夠翻開這本書

　　最重要的是感謝你能夠翻開這本書，也許在此之前我們不曾相識，但從此之後我們便有了緣分。你的即興演講之路，有我陪伴；我的人生之旅，感恩相遇。現在讓我們共同開啟一段新的學習之旅吧！

PREFACE 前言

　　這些年來，身為一名從業 10 年的演講培訓師，一直有一件事情在困擾著我 —— 每個人每天都在說話，都在表達，表達這件事情就跟家常便飯一樣，而我們卻懼怕當眾說話、當眾表達，為什麼我們會懼怕這種本應該就屬於我們的能力呢？

　　即使是非常擅長演講的邱吉爾曾經都說過這樣的一段話：「人生，有三件最難的事情：第一件，爬上一堵向你傾倒的牆，第二件，吻一個決心要離開你的女孩；第三件，就是當眾講話。」

　　這不僅僅是因為我們站上舞臺時的那一份緊張感，更可能是我們在心裡面對舞臺有一種莫名的「敬畏」。我們總會認為我們的主管可以演講，可以比我們講得更好；我們的老師可以演講，因為他們講得好；國家領導人可以演講，因為他們本身就很厲害。這些都讓我們覺得只有厲害的人才可以演講。後來，我發現，正因為我們對舞臺的敬畏，久而久之讓我們對舞臺、對演講有了錯誤的認知，甚至在我 10 年的從業經驗中，有 50％的時間不是在教授演講的技巧、演講內容，也不是帶著大家訓練，而是幫助大家建立對演講的認知。

　　絕大部分人對演講充滿了誤解，內心錯誤地認為：普通

PREFACE 前言

人不能演講，普通人不需要演講，普通人學不會演講。親愛的朋友，如果你也曾這樣認為，那在閱讀本書的正文之前，我希望我們先花一點時間建立對演講的正確認知，這種認知觀念的重構，會幫助我們更好地學習本書，也更好地幫助我們在成為演講者的路上事半功倍。

關於演講你必須打破的 3 個失誤

1. 只有登上大型舞臺才是演講？
不，生活處處是演講

近十年來有越來越多的演說表達類節目映入眼簾。也正是因為這些層出不窮的優秀表達類節目，讓越來越多的人開始重視演講，越來越多的企業開始規劃內部的演講比賽。但同時，也造成了大家對演講根深蒂固的誤解之一：只有登上大型舞臺才是演講。

實際上並不是這樣，生活處處是演講。到底什麼是演講？

演講又叫講演或演說，是指在公眾場合，以有聲語言為主要手段，以體態語言為輔助手段，針對某個具體問題，鮮明、完整地發表自己的見解和主張，闡明事理或抒發情感，進行宣傳鼓動的一種語言交際活動。

我們單從這個解釋來分析,簡單來說,就是只要在公眾場合,用聲音和動作來進行表達的形式都是演講。

有多少個場合需要我們用聲音和動作來進行表達呢?

(1)　自我介紹
(2)　工作彙報
(3)　公司開會
(4)　公司分享
(5)　年會主持
(6)　公司宴請
(7)　競職競選
(8)　面試
(9)　培訓
(10)　路演
(11)　宣講
(12)　頒獎／領獎

這些場合都需要我們用聲音和肢體動作來發表自己的見解和主張,而這些都沒有在上述節目的舞臺上。從這一點可以看出,很多情況下我們都誤解了演講的定義。

不是大舞臺才是演講,而是生活處處是演講。

國外對演講有一個更加「親民」的定義,讓我們更容易理解什麼是真正的演講:面對兩個人以上的表達就是演講。

因為我們跟兩個人同時講話時的狀態跟對一個人講話時的狀態往往是不一樣的。比如：我們要跟別人分享一個故事。你單獨跟一個朋友講的時候，你可能就是隨便講講，不會思考在意得太多。但如果你跟兩個或者兩個以上朋友分享故事的時候，你會開始在意自己有沒有表達清楚，自己如何運用措辭，還會在意對方能不能聽懂以及能不能同時抓取兩個人的注意力。這不就是演講嗎？

「面對兩個人以上的表達就是演講」這種三人成眾的解讀方式更能夠展現不是大舞臺才是演講，而是生活處處是演講。所以這本書我們用了「即興演講」就是為了突出「生活處處是演講」。

既然生活處處是演講，那就意味著我們每個人都逃避不了演講這件事情，既然如此，那為什麼我們還是會逃避演講呢？很多情況下我們不認為自己需要演講。

2. 我不需要演講，我就是個普通人！
不，是演講讓你不普通

即使在今天，我在演講行業從業將近 10 年的時間了，我仍然聽到有這樣的聲音：演講？我不需要，我又不是主管，根本沒機會向別人講話。普通人不需要學習什麼演講。

沒有人是不需要演講的，確實有很多人會覺得在現階段的工作上大部分時間用不上。這就好像很多重要的事務一樣，大部分情況下因為它的不緊急性而讓很多人覺得還可以再等等，現在還不著急，所以就遲遲沒有開始去做。

　　了解一點時間管理的朋友大多都見過那種有關緊急和重要的象限圖。演講這項技能在第一類事務中的特點就是不緊急但很重要。

　　通常情況下，時間管理的老師會建議大家做完第二類既緊急又重要的事務之後，馬上做第一類重要不緊急的事務。因為第二類事務大多是在一段時間範圍之內就能完成，比如：主管讓你負責一個專案，專案通常都有一定的週期性，規定時間之內完成就可以了。處理第二類事務過後，馬上處理第一類事務，但通常情況下都因為第一類事務的不緊急性讓我們無限拖延。如果我們不去處理第一類事務，有一天第一類事務會突然間變成第二類事務，打得我們措手不及。就像在未來的某一天主管可能突然告訴你：「這個月的工作彙報大家不僅要交 PPT，還要每個人在會議室講一下，大家自己準備一下，這一次所有部門的同事都在，每個人都要講。」這時，你才發現竟然要當眾彙報，可你還不會演講啊。於是，被迫當眾彙報的你發現自己講得一塌糊塗，到頭來感嘆自己只是個普通人並且將自己定義為不適合演講的人。

　　一次被迫的、疏於練習的當眾即興演講就讓我們將自己

定義為不適合演講的普通人,這樣的總結會不會太草率了些?我們是普通人又怎麼樣?誰一生下來就與眾不同?誰一生下來就是演講高手?演講本就是讓普通人變得不普通最快的路徑之一。

因為我們在成為一個合格演講者的路上會經歷學習、練習、分享的環節;

在成為一個合格的演講者的路上會經受膽怯、自信、興奮的心態起伏;

在成為一個合格的演講者的路上會獲得質疑、掌聲、影響他人的改變歷程。

是不是彷彿感覺到每一次演講都像是經歷了一次又一次的人生啊?沒錯,演講可以讓你從普通變得不普通。即使我們從 0 開始學演講,仍然可以收穫讓我們變得不普通的演講能力,因為人人都可以學好演講。

3. 相信我,你可以的,
因為人人都能即興演講

有很多朋友會這樣問:我一個演講「小白」能學會即興演講嗎?當然,人人都能夠即興演講!

還有些朋友在演講這件事情上對自己缺乏信心,覺得自

己在學校的時候從來也沒有參加過演講比賽，甚至自己說話的時候都很少，這樣的自己也能學會演講嗎？

(1) 調整認知，會說話，就會即興演講

其實，這種對演講的不自信，主要來源於我們這幾代人在學校的時候確實沒有太多的機會更好地綻放自己。上學的時候，我們更多地被教導要低調。我當過兵，從軍的時候更是被傳授了「少說話，多做事」的概念，這導致了我一直到2011年年底退伍的時候，都還是一個不太喜歡說話的人。而現在的教育比之前好了太多，有很多家長在孩子很小的時候就讓孩子學著當小主持人、小演說家，鼓勵孩子上課多發言，多參加學校活動，成為班級幹部，這些都使現在的孩子們更加有自信。

但反觀我們自己，小時候缺少相關的意識，長大後沒有展示自己的概念，這些往往是我們認為自己不能演講的主要原因。

即興演講其實就是當眾說話，只是跟平時說話的場合不同罷了，你只要會說話，在掌握一定的即興演講技巧以及經過練習之後就能夠很好地進行即興演講。

(2) 我們生活中所遇到的演講基本都是即興演講

很多人對演講有很大的失誤，認為拿著稿子上去唸才是演講，其實，念稿子只是眾多演講形式的一種，而對於我們

PREFACE 前言

大部分人來說,更多的所面臨的演講問題是即興演講,是能夠不依賴任何稿子而在彙報工作的時候脫穎而出,是不需要過多準備就能脫口而出,是隨時隨地都可以進行分享。

不論是我個人線上線下的授課中還是在這本書中,我從不推崇帶稿演講,我都是鍛鍊大家邊說邊想的能力,因為只有這種即興表達才是大家當下最需要的。因為我們都想隨時隨地成為舞臺上最亮的那顆星,所以我們更需要搞定即興演講。

(3)你我都是普通人,我可以你更可以

從某種程度上來說,我和你一樣都是普通人。第一,我們接受過一樣「少說話」的教育模式。

我沒有在國外長大,至今除了旅行也沒怎麼去過國外,所以我沒有接受過太多西式的表達教育。所以我跟大家一樣,接受的都是傳統的東方教育。我們共同的成長經歷,可能讓我比任何人都懂你懼怕演講的心理狀態。

第二,我們可能一樣不是「科班出身」。

我不是「科班出身」,也就是非大眾傳播科系出身,別人讀大學的時候我在當兵。我們共同的「非科班」求學經歷,讓我比任何人都了解你缺少什麼樣的演講技巧。

第三,我們可能一樣都從事過非演講類工作。

我的第一份工作也跟演講培訓毫無關係,一名國企的服

務生。這些都讓我或者說我們跟演講這件事情看起來毫無關係。

但就這樣八竿子打不著的我，憑著自己的努力先是成為一名優秀的演講者，而後又成為一名資深的演講培訓師。既然大家與我有這麼多的相同之處，既然我可以學會即興演講，也就意味著每一個人都可以即興演講，甚至極有可能比我講得更好！

關於本書你必須知道的 3 個要點

1. 這是一本普通又不普通的演講書

這本書對於大家來說，可能只是眾多書籍當中很普通的一本書而已，但它的不普通之處在於，我將 10 年的演講培訓經驗、技巧、方法和實操訓練全部彙總。我想讓大家透過本書開始練習，開始嘗試演講，開始感受到演講的樂趣，並且希望大家不再為不會演講、不會表達這件事情而感到困擾，而是要運用表達、運用演講抓住生命中的每一次機會。用演講的力量增強個人影響力，也許到那個時候我們都會不普通。

PREFACE 前言

2. 這是一本能夠讓你
在即興演講路上從 0 到 1 的書

　　當然，這本書不是晦澀難懂的演講理論書籍。我本就是演講「小白」出身，演講學習路上大家即將經歷的一切，我都經歷過。我將大家在各個階段可能會遇到的困惑、問題以及建議和解決方法全部都寫進書裡，真正地幫助大家在即興演講路上實現從 0 到 1。

3. 這是一本你可以自己掌控的書

　　這是一本可以根據自己的情況來具體學習的書籍。會讀書的人應該都知道，很多書是不需要從第一頁開始看的，如果我們在即興演講過程中的主要問題是緊張，那就先好好看一下第一章的內容，了解緊張的成因和解決方法，實操練習過後再看其他的內容。如果我們是有少許舞臺經驗的夥伴，即興演講時並不是特別緊張，只是不知道怎麼說會更加有邏輯性，那就直接看第三章邏輯篇，這樣可以更快速地幫助大家說話有條理、有邏輯。我想透過這本書幫助大家切實解決即興演講中的某些問題，所以大家可以看目錄依需求進行翻閱。

第一章　〈認知〉
別怕，緊張沒你想的那麼可怕

第一章 〈認知〉 別怕，緊張沒你想的那麼可怕

「啊，我不知道自己在說什麼！」

「天啊，下面這麼多人，我的手一直在出汗。」

「我的天，我的臉一定很紅，真的太緊張了。」

我想有很多夥伴在演講的時候一定遇到過以上類似的情況。這就是絕大多數人在學習演講的時候最想克服的事情——緊張。

緊張可以說是我們在演講中最大的一個阻礙，絕大部分人在學習演講的時候都想克服緊張。這是因為很多情況下，身為演講初學者的我們在舞臺上無法控制自己顫抖的聲音、僵硬的身體等這些影響我們正常發揮的緊張反應。但實際上，緊張是沒有辦法完全被克服的，而且適度的緊張往往有助於我們在演講中更好地發揮。

怎樣做才能讓緊張不影響我們的發揮？怎樣才能在舞臺上自然地進行表達？首先要對緊張建立一個正確的認知，緊張沒我們想的那麼可怕，無須恐懼，只要將緊張控制在一定範圍之內就能順暢地演講。

1.1 什麼是緊張？
緊張是人的一種正常情緒

為什麼我們不能完全克服緊張呢？

醫學界將「緊張」定義為「人的有機體的一種特殊綜合症，也可以由各種非特殊刺激引起。緊張也可以理解為來自外界的、集體的尚不能完全適應的影響。」通常意義上講，為什麼我們會有緊張的表現，是因為我們對外界、未來的不確定性導致的一種擔憂和焦慮的情緒。所以從本質上說，緊張是一種正常的情緒，是我們遇到不確定因素所呈現出的正常生理和心理反應。

試想我們有可能去消除自己任何一種情緒嗎？答案一定是：不可能。既然我們不可能消除自己的任何一種情緒，那麼也就同樣不可能消除緊張。也正因為緊張是人的一種情緒，所以只要是正常人就會緊張。如果我們在演講的時候很緊張，其實應該感到慶幸，這說明我們是一個正常人。

且不說常人會有緊張的情緒，即使是非常自信的人，也會有緊張的時候。比如有多年舞臺經驗的職業演說家、培訓師、主持人等，在相對不熟悉的場合仍然會或多或少存在緊張的情緒，只不過他們透過一些方法快速地調節自己，讓觀

第一章 〈認知〉 別怕，緊張沒你想的那麼可怕

眾看不出來而已。

所以衡量演講時是否緊張，我們需要對此有一個新的衡量標準，並不是說你在舞臺上心跳加速這樣的緊張現象就絕對不好。因為心跳加速這種事情，只有自己知道，觀眾是看不出來的。而我們的演講是要分享給他人聽，讓他人信，甚至促他人行。所以，應當以觀眾的反應為衡量標準才更為準確。衡量緊張的新標準是：別人看你不緊張，你就是不緊張的。

我們設想這樣一個場景，此時此刻我們正在看別人演講，我們會認為有一些人非常自信，表達鏗鏘有力，非常有魅力，甚至身為觀眾的我們一直在給他們鼓掌，感嘆他們出色的表現。

但其實我們並不知道，這些演講者在舞臺上的時候，也會緊張到心跳加速、手心出汗，但這些並沒有被觀眾看到，因為他自己的細微緊張表現並沒有影響整體的發揮。所以，無論演講者自我感覺是否緊張，觀眾並沒有看出來演講者緊張，並且演講者能夠透過表達，為觀眾帶來一次完整的、順暢的、感人的或者振奮人心的演講，這就是一次好的演講。

當我們身為演講者在舞臺上分享也是一樣的道理，我們自己可能會出現這樣或者那樣的緊張反應，也同樣可能心跳加速、手心出汗，但這並沒有影響到我們的整體演講發揮，

觀眾沒有看出來我們緊張,那就是不緊張。反過來想心跳也是件好事,如果不跳了,其實也挺恐怖的。

再次強調緊張新標準:別人看你不緊張,你就不緊張。

我們了解了緊張是一種情緒,沒有辦法完全消除,又知道了緊張的新標準,但在舞臺上仍有一些緊張反應確實困惑並影響我們演講的正常發揮。換句話說,我們要克服的並不是緊張本身,而是影響我們演講發揮的這些反應,我們把這些嚴重影響我們的反應稱為過度緊張更為準確。

1.2 過度緊張的表現

過度緊張與緊張有一個共同之處：都是由生理原因和心理原因導致的，只是程度上有所不同。實際上，適度的緊張不會對我們的演講發揮有很明顯的影響，而過度緊張才是影響我們演講正常發揮的「罪魁禍首」。若想克服過度緊張不再讓它影響到我們的正常發揮，那就先來了解一下過度緊張的生理原因和心理原因。

說起心理原因，我想大家都懂，因為我們在不確定的場合都會或多或少有負面的心理暗示，會覺得自己不行，會覺得自己不可以，因為這些「不確定性」讓我們對觀眾呈現出很緊張的樣子。

比如，有時候一上舞臺心裡就會打退堂鼓，心想：完了，完了，這次一定講不好，這次一定完蛋了，這次一定下不了臺。如果在演講時有類似這樣的心理暗示，這些負面的心理暗示一定會讓我們的目標從「心想事成」變成「講不好演講」。

簡單來說，是由於自己一系列負面的心理暗示導致了我們演講時的過度緊張。

除了負面的心理暗示之外，過度緊張產生的生理表現更為明顯，也更容易被觀眾察覺。因為過度緊張，我們在舞臺

上可能會出現一些「抖動」，比如：手抖、腳抖、腿抖、嘴唇抖，甚至臉抖等情況，或者出現面紅耳赤、臉色蒼白、突然大笑、結巴等現象。不論準備了多長時間，只要一站上舞臺，就覺得整個人都不舒服了。這些過度緊張的反應往往才是影響我們在舞臺上發揮的重要因素。

那我們為什麼會有這樣的生理現象出現呢？主要是因為我們人體有自我保護機制，人一旦到了陌生的環境，自我保護機制就會出現，導致我們的體內會分泌很多腎上腺素，腎上腺素會阻礙我們血液的流通，所以大家就會出現這樣或者那樣的生理反應了。

1.3 過度緊張帶來的影響
阻礙我們的自然演講之路

為了讓大家更直觀地感受到過度緊張對我們帶來的影響，我從三方面入手將常見的過度緊張現象進行總結。

一、心理上

1. 心理壓力過大，往往使演講者坐立不安，難以開口。
2. 負面的心理暗示會讓我們對自己的表達信心降低。
3. 不允許自己出錯的完美主義，往往會讓我們出錯。

二、肢體上

1. 頻繁顫抖。肢體上有各式各樣的顫抖的情況出現，這樣不僅會讓觀眾辨識出來演講者的緊張，而且還會讓自己更加不自信，很難將演講進行下去。
2. 肢體僵硬。演講者不知道在舞臺上如何自然地表現。
3. 手舞足蹈。不知道正確自然的手勢、動作如何做出，會有手舞足蹈的手勢、動作出現。

三、語言上

1. 語速會快。缺少語音語調，缺少感染力，觀眾沒辦法長時間聽下去。因為緊張想一口氣把內容說完。

2. 習慣性結巴。有一些表達者，是因為過度緊張而導致在舞臺上說話的時候會結巴，而自己私下與他人溝通並沒有這個問題。

3. 語言缺少邏輯性。演講者一上臺就忘了自己想表達內容的次序和要點，往往會缺少邏輯性、結構性。

過度緊張導致的這三個方面的影響，讓我們無法在舞臺上更好地進行演講。為了解決這些問題我們可以採取相應的解決方案。

第一章 〈認知〉 別怕，緊張沒你想的那麼可怕

1.4 面對緊張對我們的影響的解決方案

根據我 10 年的演講從業經驗，在這裡為大家介紹 3 種相對有效的又比較簡單的方式以幫助大家快速緩解緊張。

1.4.1 演講不自信？
正面的心理暗示讓自己走上舞臺

初登舞臺時最重要的是自信心。影響我們演講自信心的心理因素往往有兩大類。

1. 負面的心理暗示

很多人明明準備充分，但上臺前還是無法控制過度緊張：心跳加速，滿腦子都是「我好緊張」。甚至在腦海中預演出自己因為緊張導致演講很失敗的畫面。

「講不好怎麼辦啊？」

「完蛋了，肯定不行。」

「臺下那麼多人，我第一次講，怎麼辦，怎麼辦？！」

……

有些朋友可能會給你這樣的建議：「上舞臺之前說不緊張

就好了,告訴自己不緊張,不緊張,你就不緊張。」

「不緊張,不緊張」的自我催眠式建議,也是絕大多數人在演講緊張時採用的解決方法。

實際上,「不緊張」這個方法不太適合缺乏舞臺經驗的人。如果大家曾經使用過這種方法,應該有這樣的體驗:內心越想著「不緊張」,實際上越緊張。著名心理學家西格蒙德‧佛洛伊德提出人的心理包括意識和無意識現象,無意識現象又包括非自覺的潛意識,潛意識往往會被人忽略,但是卻控制著我們的一生。潛意識接收的六大原理的其中一條是:潛意識不去區分「不」「無」「沒」等否定的詞句。

在心理學中有一個非常有趣的潛意識遊戲,叫「不要想猴子」。現在我們一起來玩一下這個遊戲,我來釋出遊戲號令:請各位不要想猴子,不要想猴子,不要想猴子。

你想的是什麼?我想你這個時候是在笑,因為你想的是猴子。

內心暗示「不緊張」跟「不要想猴子」的道理完全相同,正因為潛意識當中不接受「不」字,所以你跟自己說「不緊張,不緊張,不緊張」,反而會更緊張。這樣的一個心理暗示往往會形成負面的心理暗示,不僅不能緩解緊張,往往還會形成墨菲定律,最後就真的講不好了。

既然「說不緊張」並不好用,那什麼樣的心理暗示能夠幫到我們?

答案是：正面積極的心理暗示。

在演講之前，我們要將負面心理暗示轉向正面的、積極的心理暗示。《焦慮心理學》一書中提道：「積極的心理暗示就是把一個積極的訊息加給某一個體，透過這個過程讓個體認可這個積極的訊息，從而激勵個體的作用，以期最終達到一個積極的目的。」你可以用下列話語激勵自己，為自己種下一個正面的心錨。

「舞臺一站成功一半。」

「加油！加油！加油！」

「我可以完成這次演講。」

「第一次站上舞臺的我已經很棒了。」

……

這些積極的心理暗示可以幫助我們慢慢接受自己站上舞臺進行演講這個事實，幫助我們接受自己的演講雖然不足，但是只要完整表達了，就已經成功了。

我線上下採用過多次運用正面積極心理暗示的方法，幫助很多人從害怕演講到侃侃而談。

「之前我在舞臺上演講的時候，我總是覺得自己一定講不好，我應該是全場最差的演講者，給了自己很大的心理負擔。但自從我嘗試轉變跟自己的對話，告訴自己只要能夠站在舞臺上就是最棒的，我發現一切都在改變，我開始嘗試露

出在舞臺上從來沒有的微笑,我開始嘗試跟觀眾開玩笑,我開始慢慢變得相信自己。正面的心理暗示確實可以讓我沒那麼恐懼舞臺了。」

這位學生曾經就是給自己負面心理暗示的人,他在某金融公司做銷售主管,雖然他對客戶的把握和私下溝通都沒有問題,但他曾一度覺得自己只要上舞臺就講得不好,而沒辦法當眾分享,一次次拒絕公司給他的機會。甚至到後來,因為他懼怕當眾表達而很少為團隊開會,很多新入職的員工,到很晚才知道他是負責這個部門的主管。當我幫助他找到正確的緩解緊張的方式,將負面心理暗示轉換成正面心理暗示後,每一次的公司分享他都不再拒絕,並且主動發起部門會議,再也不會出現部門新員工不認識他的情況,自己的工作也進行得更加順利。

正面積極的心理暗示不僅是我們在上舞臺之前的心理安慰,更是將內心狀態調整到正向的一個過程,慢慢地你演講時的焦點不再是自己犯的錯誤,而是放在自己當時的閃光點。在初登舞臺之時,自信心的建立尤為重要。當我們獲得了舞臺上的自信之後,在表達技巧上的問題也會慢慢解決。如果缺少自信,再多的技巧都沒辦法幫助我們擁有一個好的舞臺狀態。

要記住,每一次站在舞臺上的我們,就是全場最棒的那個人,所有人都會為我們的勇氣喝采!

除了負面心理暗示會對我們的演講造成影響之外，還有些朋友因為自己的「完美主義」無法讓自己的表達順利地進行下去。這也是影響自信心的因素之一。

2. 完美主義作祟

「大家好，今天我要分享給大家一件在我生活當中有趣的事情。那是在去年夏天，我和朋友們一起去海邊玩，我看到海邊有很多人（突然打斷自己）哎呀……不對不對，我講得不對，跟我想的不一樣。就是我看到有成年人、老人、小孩，他們都一起在海岸邊玩耍。有的小孩子還用沙子堆起了沙雕，因為我很喜歡小孩子，所以我跑過去想幫孩子們一起玩沙雕（再次打斷自己）我在說什麼，我剛才不是這麼想的，算了，我沒想好，我再想想。（邊說邊走下臺）」

這樣經常性打斷自己說話的演講者在演講初學階段比比皆是，像這樣的演講者並不是沒有知識儲備，也並不是有語言障礙，而是對自己說的每一句話要求都很高，一旦自己講出來的內容跟想的有一點誤差就會打斷自己，覺得自己說得不好，甚至到最後乾脆不講了。這種完美主義的心理狀態不僅對演講沒有幫助，反而會成為我們演講中無法順暢表達的主要原因。

演講中非常典型的完美主義者，他們常常會跟自己說：

「我必須要表現好！」

「我必須要是最出色的！」

「我要講的跟我準備的一樣，一個字也不差！」

「我的下屬都這麼能講，我講不好怎麼辦？」

這種對自己期望值太高的壓力，會讓你不能容忍任何一點小的瑕疵。英國臨床心理學家羅茲·沙夫曼和澳洲科廷大學臨床心理專案負責人莎拉·伊根共同著作的《克服完美主義》(*Overcoming Perfectionism*) 中提道：「完美主義者經常擔心自己不能完成既定目標，在追逐目標的同時又害怕失敗，這種對失敗的恐懼不斷侵蝕他們的自信，有時還會導致他們逃避工作……完美主義者的核心問題就是害怕失敗。」這種自己給自己的壓力感讓完美主義者無法完成演講，更別說出彩了。

其實，在演講的時候出現小小的停頓，小小的忘詞，是很正常的事情。沒有誰是一次就能掌握演講竅門，沒有誰的呈現是完美的。實際上，我們都知道這個世界上沒有絕對完美，只有相對完美。不要妄想自己第一次上臺就演講得天衣無縫，在缺乏舞臺經驗的情況下，先完成一次表達就好。我們要降低對自己的期望值，不要覺得自己一定要完美表達，而是要跟自己說：

「先完成一次表達就好。」

「先完成，再完美。」

「講完就好。」

一般情況下我都會送給這樣的夥伴4個字：「放過自己」。

只有放過自己現在的絕對完美主義，才會迎來相對完美的一次演講。

完美主義者在一次次打斷自己中慢慢削減了本應該具有的演講自信，這樣的完美反而讓事情進展得極其不完美。如何能夠讓自己的表達真的趨近於想要的完美呢？首先要完成一次完整的表達，如果不完成一次完整的表達，又如何可以知道從哪些方面入手會讓自己更加「完美」呢？

先嘗試完成一次完整的演講吧！沒有絕對完美主義作祟的你會發現，在舞臺上的你每一次都是在綻放光彩，每一次都是進步。

要點提示

1. 使用正面的心理暗示。將負面的心理暗示以及心理狀態調整到正面。

2. 放過自己。先完成一次完整的演講，才能迎來相對完美的表達。從而提高自己在舞臺上的自信心，讓自己的表達狀態更好。

1.4.2 手足無措？
3個動作讓舞臺上的你更有把握

很多人一在公開場合演講就肢體僵硬、手足無措、聲音顫抖、面紅耳赤，臺下的觀眾一看就知道「這個人很緊張」，進而影響自己的正常發揮。那麼，該怎麼緩解演講過程中手足無措的情況呢？

既然說緊張是一種情緒，那確實有另一種情緒跟緊張很像，就是生氣。大家都生過氣吧？生氣的時候大家會用什麼樣的方式發洩呢？

(1) 吃吃吃；
(2) 跑一圈；
(3) 大喊大叫；
(4) 買買買。

不管你選擇以上哪一個，你會發現我們都在 —— 動。換句話說，動可以幫助我們緩解緊張的情緒。但不是說讓你在舞臺上亂動，不是讓你在舞臺上跑來跑去，腳盡可能地站定或者適當地走動。這裡的「動」指的是，上半身我們可以有手勢和動作。

手勢動作除了可以增強演講者的感染力之外，還可以適當地緩解緊張，在舞臺上很多演講者因為緊張而忘記擺出手勢動

作。其實,我們每個人都會擺出手勢動作。想一想,在生活當中跟朋友吃飯、聊天、在路邊攤的時候會不會有手勢動作?會有的。尤其是當我們看到一個很好玩的事情,說不定還會手舞足蹈地去模仿。只不過到了舞臺上就忘記擺出手勢了。現在我建議大家可以先嘗試在演講的時候擺出一些手勢動作,不必在意是否合乎規範,而是透過刻意調動手勢動作,慢慢喚起我們對手勢動作的記憶。同時,透過手勢動作慢慢激發自己對「表演」的欲望,讓手勢動作幫助你緩解緊張。

在這裡我先跟大家介紹 3 個常用手勢動作,更加豐富細緻的手勢動作內容我在「呈現篇」會有講解。

常用手勢 1:一飛沖天

用手比出數字「1」,將手指向上,這個動作可以表示所有跟 1 有關的數字。還有最好、最棒,都是這個動作。之所以叫做一飛沖天,指的是這個動作指天指地不指人。通常指向上(天)的時候,都是積極正面的表達。

常用手勢 2:一錘定音

手握拳頭,表示堅定力量的感覺。

可以用於我堅信、一定、必須等鼓舞氣勢的詞彙,讓整個演講充滿力量,一錘定音。

常用手勢 3：兩把手刀

兩把手刀表示歡迎，四指併攏，虎口開啟，手呈武俠小說中的「手刀」狀。這個動作的使用範圍十分廣泛，可以表示歡迎，可以表示方向，也可以表示有請。

正確的手勢動作不僅會讓我們緩解緊張，還可以讓我們在舞臺上顯得更加有氣場，所謂動作創造情緒，不妨先嘗試在表達中加上這 3 個動作，會幫助我們緩解緊張並且增強在舞臺上肢體動作的豐富性。

除了增強手勢動作之外，還可以在上舞臺之前嘗試跳一跳，或者提前 10 分鐘站起來，這些小技巧都是能夠用動的狀態緩解緊張的方式，再與手勢動作相結合就更能夠增強自信。

1.4.3　懼怕陌生環境？
　　　提前到場，降低語速增強演講自信

我們到了陌生場合會有緊張反應，讓我們變得不夠自信。但如果在相對熟悉的場合，我們就不會有這麼多緊張現象出現了。想像一下，我們在家裡的時候會緊張嗎？當我們在家裡這種放鬆的環境下是不會緊張的。

那怎樣可以緩解舞臺緊張感？讓陌生環境變成熟悉環境，這樣緊張感就會降低很多。這就要求我們在條件允許的

情況下,要多上舞臺,盡可能在正式演講的場地進行練習,多熟悉場地,增強對場地的熟悉度。有了一定的把握,我們的自信心就會增強。

同時,在上舞臺之前,盡可能地對自己的表達內容熟悉一些,反覆地在臺下站著進行練習。如果時間允許的情況下,可以在舞臺上反覆地預演,想像臺下坐著數以萬計的觀眾,一遍一遍地彩排預演會讓我們的演講更加有把握。

不僅僅是演講新手需要在舞臺上不斷地預演練習,即使是演講非常出色的高手也依然會在演講之前提前到場,反覆預演。比如,賈伯斯的蘋果發表會在正式召開之前已經預演了無數次。那身為普通人的我們,少了很多舞臺經驗,多了對場地的陌生感的我們,為什麼不提前到場多預演幾次?經過在實際場地練習之後,再正式上舞臺時,就已經不是第一次上舞臺了。陌生感降低了,熟悉感提高了,發揮自然也會更好。

同時,我們要注意,演講時的語速要比平時說話稍微慢一些。因為有些人一緊張語速就會變快,想趕緊講完,馬上下臺。導致觀眾在聽的時候還沒有反應過來就結束了。這就要求我們在演講的時候提醒自己:慢一點。

第一,對我們自身而言,語速放慢的好處非常多。

1. 給大腦時間思考

有很多朋友上了舞臺由於緊張,所以越說越快,越快越

忘，會出現明顯的忘詞情況。這不是因為我們沒有準備，而是因為語速太快，導致大腦沒有時間去思考到底應該說什麼。所以，放慢語速可以讓大腦多一些時間去思考自己要講的內容，讓我們的表達沒那麼匆忙。當大腦想起要表達的內容時，我們就會有一種胸有成竹的感覺，對自己的表達更加有信心，自信度也隨之提高。

2. 可加入情感

表達速度過快就沒有情感可言。表達中缺少感染力，往往會讓整個演講減分。語速放慢讓自己有時間和空隙調整情緒，加入適當的情感，增強表達的感染力。沒有任何一個有感染力的表達者語速是飛快的。

第二，對觀眾而言，也有很多幫助。

1. 聽得清楚

有很多演講者會帶有一些個人表達，這時觀眾的注意力需要相對集中才能夠辨識演講者要表達的內容是什麼。此時如果語速過快，觀眾還沒有聽清楚就進行下面的內容了，久而久之觀眾就會放棄繼續聽下去。

2. 有時間思考

我們在演講中會發表自己的觀點，甚至會丟擲問題或者新的概念引發觀眾的思考。如果語速過快，觀眾缺少了思考

的時間,可能會導致觀眾對演講者所表達的觀點不能夠充分理解,或者沒有足夠的時間想明白,或者對新的概念沒辦法引發思考。這樣也會使觀眾放棄繼續聽下去。

在這裡我們只對語速提出簡單的要求,具體的發音語調以及聲音的感染力我們會在第五章為大家講解。

到這裡,我們一直在講緊張為我們帶來的負面影響,難道緊張就沒有一點好處嗎?如果大家有過類似的想法,下一小節的內容也許會改變大家的看法。

1.5 緊張真的不好嗎？
其實緊張也有好的一面

難道緊張就一定要被消除嗎？難道緊張就一點好處都沒有嗎？並不是，其實適度的緊張會很好地幫助到我們。

比如，我們先反向想像這樣的場景，我們平時什麼時候最放鬆？在什麼狀態下是最放鬆的？是不是躺著睡覺的時候是最放鬆的？

再來想像一下，如果今天要進行一個演講，帶著躺著睡覺最放鬆的狀態來到舞臺上……這樣的狀態適合嗎？如果真的帶著睡覺的狀態來進行演講，我們的演講極有可能是有氣無力的。如果一個有氣無力的演講者在對我們進行分享，這樣的演講是很難有感染力的。實際上，一個有氣無力、缺少動力和熱情的演講是很難打動觀眾的。所以完全不緊張也是不行的。

適度的緊張可以讓我們從身體上重視演講，調動我們想表達的情緒。

法國心理學家埃米爾・庫埃在《心理暗示力》(*Self Mastery Through Conscious Autosuggestion*)這本書中提道：

「你應當意識到，當眾說話時的恐懼對人的交流是有益

的,因為人類天生就有一種應付環境中不尋常的能力。當你注意到自己的脈搏和呼吸加快時,千萬不要過於緊張,而要保持冷靜。因為你的身體一向對外來的刺激保持著警覺,這種警覺表明它已採取行動,以應對環境的挑戰。」

在這裡需要提示大家:如果第二天我們有一個比較重要的演講,前一天最好不要劇烈運動,適當運動是可以的,也不要過度勞累,要休息好。因為劇烈運動和過度勞累都會讓身體很疲乏。疲憊乏力的身體狀態會讓我們沒有緊張感,因為根本提不起精神,身體想休息,一個很疲憊的身體,也很難有演講的熱情。

「李老師今天的教課狀態不太好,整體學生的感受度也不是很高。會是什麼原因呢?」

「聽說李老師昨天出門爬山了,今天上午來的時候感覺就很累的樣子,上課前一直在打哈欠。」

「怪不得。」

即使是有多年培訓經驗的老師,如果前一天劇烈運動,第二天身體上會比較疲乏,不會有任何緊張的感覺,也沒辦法很好地發揮自己的最佳狀態。這就是完全不緊張的後果。

適度的緊張可以讓我們對表達更加重視,讓我們的身體狀態更好,這樣的緊張感甚至會讓演講者超常發揮,讓現場的效果更好。

本章通過對緊張在生理以及心理上的分析,來幫助大家更好地了解自己為什麼會緊張。同時,給出了緩解過度緊張的解決方法。當我們解決完令我們最為頭痛的緊張之後,接下來就是在演講中如何進行表達,這也是大家很關心的問題。下一個章節,我們從演講的開場開始幫助大家一步步開啟演講的大門。

第一章 〈認知〉 別怕，緊張沒你想的那麼可怕

突破自己，站上舞臺

透過本章內容的學習，詳細地與大家分析了緊張的成因以及相應的解決方案。一切沒有實操的理論都只是紙上談兵。第一章的練習只有一個！

不論怎樣的場合，站上舞臺，突破一下，嘗試一下，感受一下舞臺氣息，也感受一下我們站在舞臺時的那份激動心情。

自己練習的時候
也可以達到緩解緊張的效果嗎？

答案是：當然可以。自己私下練習的時候可以採取以下 3 種方式中的任何一種來達到緩解緊張的效果。

1. 熟練內容

都說熟悉的內容會給演講者更多的把握和自信，所以私下不斷地練習一定會減少緊張感，增強把握。在這裡需要注意的是，不是多次背誦，而是多次脫稿全程練習。不必和紙上的字完全一樣，意思梗概一樣就可以，允許自己的語言有隨機性，只要把想表達的思想和觀點表達出來就可以。

2. 對著物品練習

假設家裡的桌椅板凳都是觀眾，面對這些觀眾繪聲繪影地進行完整的演講，腦海當中想像下面的觀眾可能會有怎樣的反應，我該做出怎樣的應對，從而增強對舞臺觀眾的把握，降低緊張感。

3. 對著鏡子練習

如果說桌椅板凳沒有辦法給我們回應,那照著鏡子練習或者是用手機錄影片練習就是非常好的練習方法。因為鏡子裡和手機裡的那個自己會給我們最真實的實時回饋。不過要注意的是,不論是對著鏡子練習還是用手機錄影片,都一定要看自己。因為我們敢正視自己的時候,也就是敢正視觀眾的時候。

第二章 〈開場〉
萬事起頭難,
好的開場是成功演講的一半

第二章 〈開場〉 萬事起頭難,好的開場是成功演講的一半

有一句古話叫萬事起頭難,這個「難」同樣也發生在了演講這件事上。特別是即興表達、即興演講的時候,我想很多人都有過這樣的經歷:公司開會,主管突然點到自己的名字,讓我們在所有人的面前對上個月的工作情況進行分享。這種很突然的情況,往往讓被邀請者一時之間站在舞臺上也不知道說些什麼好,甚至連第一句話該說什麼都不知道。

有一次,我應邀為演講比賽做中文評審,在那次比賽中,有一位演講者就遇到了類似的情況。那是最後一個頒獎環節,當主持人邀請第一名的獲獎者上臺領獎以及發表獲獎感言的時候,他直接愣在那裡不知道如何是好,猜想他並沒有想到自己可以獲獎,從臺下走到臺上的時候整個人都是恍惚的。主持人邀請他發表獲獎感言,他都不知道自己說了些什麼:「這個我真的沒想到⋯⋯沒想到我能得這個獎⋯⋯我也不知道該說些什麼⋯⋯謝謝⋯⋯」話也沒說完,人就走了。

可見即使是獲得了演講冠軍這樣的優秀演講者,在毫無準備的情況下,也一樣會連第一句話說什麼都不知道,更別說進行一個完整的表達了。

既然「萬事起頭難」,那演講這件事,我們就先來解決開場第一句話的問題。

2.1 即興演講緊張到連第一句話都不會說？開場的第一句話永遠都是……

2.1.1 開場的第一句話，永遠都是問好！

我們先來回憶一個場景，每天早上我們來到公司上班見到第一個同事的時候會說什麼？我想大家一定會非常自然地回答我：

「你好」「早安」。沒錯，我們早上見到同事的時候通常都會自然而然地打招呼。那如果我們早上遇到主管了呢？大家會這樣回答我：

「王總，早安。」那如果我們一下子遇到了很多同事會怎麼說？「大家早安。」很多個主管呢？「各位主管早安。」如果今天由我們自己來主持一次工作會議，我們發現臺下有很多主管、很多同事，應該怎麼說？「尊敬的各位主管，親愛的各位同事，大家早安。」我們會發現，人越多，形式上給人的感覺就越正式，越正式的場合問好的形式就越長。

第二章 〈開場〉 萬事起頭難,好的開場是成功演講的一半

開場第一句原則

人越多的場合,問好的形式也就越長。

開場常用基本句式

尊敬的 ×××,親愛的 ×××,大家 × 安。

開場時間原則

「大家 × 安」,當然分早上、中午和晚上,大家要靈活運用,具體情況具體分析。

開場第一句很簡單,重要的是不管準備好的表達還是即興表達開場的第一句都是問好。既然這麼簡單,我們來一個小小的訓練。

我們利用基本句式,秉承上述原則,參考以下的場景來做個小練習。

根據基本句式,我們按照不同的人群來進行內容的切換。

場景 1

我們將參加一個行業內部的活動,要求每個人做分享。我們所面對的觀眾,並不是公司主管和同事,而是行業內部的同仁。所以,這時候我們該如何問好?

如果這個業內活動很受重視,有很多業內主管在,按照句式我們可以這樣表達:

「尊敬的各位主管，各位來賓，親愛的各位同仁們，大家午安。」

如果這個業內活動並不是很正式也可以這樣表達：

「在場的各位同仁，各位朋友，大家好。」

場景 2

公司舉辦了一次答謝賓客的宴會，我們要去做這次宴會的主持人，那我們在舞臺上開場的第一句話問好要怎麼說呢？

首先，我們先分析一下公司答謝賓客宴會所到場的人群有哪些？

主管、同事、嘉賓，如果是這三類人，需要怎樣問好呢？

「尊敬的各位主管，親愛的各位嘉賓，各位同事，大家晚安！」

場景 3

假設公司的業務是與兒童有關的，今天是兒童節，我們去幼稚園舉辦活動。在活動現場，身為活動整場的發起者和主持人，問好應該怎麼說呢？

同樣，我們來分析一下參加這次活動的到場人群都有哪些呢？可能會有園長、老師、家長、小朋友。我們可以這樣問好：

「尊敬的各位主管,各位老師,親愛的家長,可愛的小朋友們,大家午安!」

場景 4

假設我們擔任一次培訓的主持人,這個時候該如何問好?

我想這時候大家自己就會主動分析人群了,培訓的人群一定有老師和同學。

我們可以這樣說:

「尊敬的各位老師,親愛的各位同學,大家早安!」

各位讀者們透過練習,一定已經發現了問好的小祕密:先分析場合人群,再套用固定公式就可以進行非常專業的問好了。

在解決了「萬事起頭難」的事情之後,下一句應該說什麼呢?大部分朋友到第二句已經開始糾結了,到底是先跟大家客氣寒暄還是先自我介紹呢?

2.2 即興演講開場中的自我介紹

其實，先寒暄還是先自我介紹都可以，但是有很多情況下，大家上舞臺之後一激動就忘記自我介紹了。所以，在這裡我建議大家在問好之後先做自我介紹以免忘記。

演講中的自我介紹非常簡單，只需要介紹自己的身分、地位和名字就可以了。也就是說我們要告訴觀眾此時此刻出現在這裡的原因，為什麼觀眾要在這個時候聽我們講。同時，也不要忘了告訴大家你的名字，如果有觀眾聽完真的非常喜歡這次演講，結果演講者自己忘記說名字了，那可能就錯過了一次出名的機會。

演講中的自我介紹比較簡單，我們直接進入小訓練環節，我們一起來想一下，下面 3 個場景中我們的身分和地位是什麼？

場景 1

假如今天我們是某個演講比賽的演講者，此時此刻我們的身分和地位就是演講者。

我們可以這樣說：

「我是今天的演講者王小二。」

場景 2

假如今天公司舉辦年會，我們是年會主持人，此時此刻的身分就是主持人。

我想大家已經知道如何回答：

「我是今天的主持人張小五。」

場景 3

假設大家是公司新調來的業務部總監，今天是我們第一次參加公司集體會議，按照開會流程慣例，下一個輪到業務部總監發言，我們理應做一個簡單的自我介紹，因為並不是每一個人都完全認識新總監。

我們可以這樣說：

「大家好，我是新任業務部總監王小六。」

演講當中的自我介紹就是如此簡單，不需要說太多，因為整個開場白我們要控制在 1 分鐘左右，而開場又有 4 個步驟，開場耗時太多就會影響到整個演講的時間規劃。

除了演講時需要做自我介紹之外，實際生活當中我們最頻繁的當眾講話無疑就是各個場合的自我介紹了，怎樣進行自我介紹能夠讓別人記住我們，能夠讓別人知道我們的職業價值呢？我們在此補充一下生活當中即興演講的自我介紹部分。

2.2.1 你還在用傳統的自我介紹嗎

說到這裡,我們就不得不單獨提一下自我介紹,演講中的自我介紹相對簡單,只要介紹必要的訊息就可以了,主要是為了把時間留給後面的演講內容。

但日常生活當中大家遇到最多的當眾發言的場合之一就是單獨的自我介紹了。比如,來到一個新班級需要自我介紹,來到一個新部門需要自我介紹,參加一個活動也需要自我介紹。所以今天我們單獨把自我介紹的部分在這裡跟大家仔細地分享一下,在這些日常生活當中的場合應該如何做自我介紹呢?

先問一個問題,大家還在用傳統的自我介紹嗎?

傳統的自我介紹通常介紹姓名、職業、家庭住址、興趣愛好等。我們把這種自我介紹的方法開玩笑地稱作:相親式自我介紹。

在私下裡比較輕鬆的聚會用相親式介紹是可以的,但如果當著很多人的面自我介紹,怎樣介紹會比較好呢?分享給大家單獨自我介紹的方法。

1. 問好

基本上所有的開場都是以問好的形式開始的,不論是平時一對一的表達還是當眾的表達都要向對方問個好。比如,大家想像一個場景,早上上班見到同事或者主管的第一句話

是什麼呢？大多是「早安」，有些朋友是「Hello」，這也是一種問好。

例如：

各位朋友大家好！

各位夥伴大家好！大家好！

2. 姓名

（1）一定要記得介紹自己的名字

自己的名字千萬不要忘記介紹了，有時職業和來自哪裡都有想到要說，但最後自己的名字卻忘記告訴別人。

（2）名字要講清楚

在介紹自己名字的時候語速太快或者聲音太小，往往都沒辦法讓別人聽清你的名字，更別說記住我們的名字了。

（3）名字組詞印象更深刻

如果能將名字當中的字組成熟悉的詞語會讓大家的記憶更加深刻一些。

例如：

我叫于木魚，單于的「于」，水木年華的「木」，如魚得水的「魚」，大家可以直接叫我木魚。

我叫秦心，秦朝的「秦」，一心一意的「心」，大家可以叫我小秦。

3. 職業

如果只是普通社交目的的話，只需要介紹清楚自己是從事什麼職業就好。如果想特別突出自己的職業，可以參考場景2。

例如：

我是一名培訓師。

我是一名銀行行員。我是一名公務員。

我是一名產品經理。我是一名自由職業者。

4. 來自哪裡

(1) 介紹自己的家鄉例如：

我來自南投埔里。

我老家在鶯歌。

(2) 介紹職務例如：

我在 ×× 培訓公司工作。我在政府部門工作。

2.2.2 印象亮點

1. 名人名言法

例如：有一句話我很喜歡：「貧者因書而富，富者因書而貴。」所以我是一個很喜歡讀書的人。

曾經網路上流傳這麼一句話：「世界那麼大，我想去看看。」沒錯，我是一個喜歡旅行的人。

2. 名字寓意法

如果名字有寓意，可以用父母起名字的寓意來進行自我介紹。例如：之前，有一位老師用名字寓意的方式向我介紹了她的兩個寶寶的名字，我一下子就記住了。她說：我兒子叫子佩；女兒叫子衿。取自《詩經》中的青青子衿和青青子佩。子衿、子佩在古代都是指讀書人，我們希望孩子們能夠成為讀書人。

這位老師的兩個孩子名字的介紹我很難忘記，因為名字當中蘊含著父母對於孩子的愛。如果我們的名字也有寓意，不妨直接採用，會更能讓人印象深刻。

2.2.3　3KY 自我介紹法 ──
　　　 3 個關鍵詞凸顯職業特點

3KY 法，即利用 3 個關鍵詞（Keywords）來凸顯自己的優勢。例如：下面我用 3 個詞來介紹一下自己。

第一個詞，演講教練。第二個詞，自律軍人。

第三個詞，優秀「鏟屎官」。

用 3 個特別詞彙概括自己最想凸顯的價值。

比如第一個詞，演講教練。顯而易見是為了凸顯自己的職業性質，在自我介紹的過程中，也可以加入我們的職業能夠給別人怎樣的幫助。

例如：從業 10 年期間，我幫助 2 萬人擺脫演講的緊張，並且讓他們喜歡舞臺分享。如果你也想獲得演講能力提高個人影響力的話，可以找我，我們一起成長。

第二個詞，自律軍人。就跟自己的經歷有關，我曾經是個志願役軍人，即使退伍了，也依然保持軍人的規律作息。你也同樣可以將自己的經歷歸納總結。

第三個詞，優秀「鏟屎官」。凸顯了我的一位重要家庭成員——貓咪，也表達對貓咪的喜愛。

這三個詞也不一定非要面面俱到，如果你只想凸顯工作，那就總結你工作中的三個特性，作為關鍵詞就可以了。

2.2.4　2N 自我介紹法 ── 2 個數字凸顯個人特點

2N 法即在自我介紹中可以藉助 2 個數字（Number）來顯現自己的特點。

相對來說，人對數字比對文字要更敏感一些。用數字法來進行自我介紹，會很明顯地突出你所要表達的人物特徵。

例如：我之前參加過一次培訓，有一個老師很好地運用數字法進行了一次自我介紹。

「……我想用兩個數字讓大家記住我，第一個是『10』，第二個是『2』。首先來說一說 10，這是我第 10 次來到這裡，而恰巧的是，這 10 次都是為了上 ×× 老師的課，我可是老師的鐵粉啊。其次說『2』，這一次跟前 9 次相比，都很不一樣，這一次我不再是 1 個人來（難道帶著愛人來了？我們都在想），此時此刻站在這裡的我其實正是 2 個人在做自我介紹的。沒錯，這第 10 次，我帶著肚子裡的寶寶一起來上課。」

這樣我們就記住了，這位來此上過 10 次課的準媽媽。

2.2.5 必有收尾

1. 收尾要感謝

表達必有結尾，有很多人不知道說什麼，就草草收場。其實收尾很簡單，只需要說聲「謝謝大家」就可以。

2. 收尾可祝福

如果覺得光說謝謝有些單調，也可以為大家帶來祝福。例如：

祝福大家都能收穫自己想要的人生。祝福在座的每一位。

祝福我們各位夥伴都能夠終身成長。

3. 收尾可希望

收尾還可以採用希望的方式。例如：

希望能跟大家成為好朋友。

希望大家都能夠收穫到更多的知識。希望大家都能夠透過學習改變人生。

2.3 即興演講開場中的中華特色 —— 客氣話

2.3.1 想讓觀眾喜歡你嗎？先跟觀眾拉近距離

開場的第三步客氣話，也可以叫做寒暄，是很多人獨有的一種開場環節。

很多人說話比較委婉，說話很少直切主題。比如，找朋友借錢這樣的事。我們不可能一上來就跟朋友說：「借我 10 萬塊錢吧！」這樣不僅讓我們很難說出口，即使說出口了，朋友聽了也很刺耳。所以，人們在接收消息和傳達消息上都是喜歡先有個「心理準備」。

如果我們真的去朋友家借錢通常會跟朋友先套近乎。

「哎呀，我看你最近氣色不錯，是不是工作很順利？」

「你家房子裝潢真不錯……」

「好久沒跟你聯繫了，最近太忙啦……」

當我們跟朋友聊了一段時間後，才能說出此次前來的真正目的 —— 借錢。這就是很多人獨有的表達方式。在舞臺上也是一樣的，如果我們一上來就直接說演講的主題，觀眾一

下子接受不了，緩不過神來，跟不上我們的節奏，當他們緩過神來，說不定我們的分享已經進行三分之一了。所以，在此之前，演講者需要跟觀眾客氣一番，套套近乎。

有一種說客氣話的方式非常常見，也很簡單，可以直接拿來用，大家一定見過有人在舞臺上這樣說：

「我很榮幸能夠參加這次活動！」

「我很高興能夠主持這次活動！」

「我很開心能夠站在這裡與大家分享我的故事！」

我把這些方式統一稱作直接寒暄。

直接寒暄的優點是不需要學的，聽幾次就能夠使用。同時也有一定的缺點，就是給人的感覺比較單一，說來說去就這麼幾句，覺得沒有什麼新意。

那怎樣說能夠讓我們更有新意，下面向大家分享一個方法叫做間接寒暄。

2.3.2 談「天」說「地」，讓觀眾覺得你很有親和力

有一種談天說地的方式，既可以解決直接寒暄帶來的單調問題，還可以讓我們跟觀眾的距離更近。

第二章 〈開場〉 萬事起頭難，好的開場是成功演講的一半

談「天」，天在這裡指的是天氣，可以利用天氣。同時，談天氣有一個原則：好心情原則。不論天氣是好還是壞，都要傳遞給觀眾好心情。

1. 好天氣

「在這樣的好天氣裡，與大家相聚在一起，我特別開心。」

「在這樣一個晴朗的天氣裡與大家在這裡分享，我非常高興。」

「在這樣一個陽光燦爛、豔陽高照的日子裡與大家一起分享我的故事，我覺得非常高興。」

我們會發現好天氣比較容易表達，那惡劣天氣怎麼辦呢？比如：下雨了怎麼辦？這時如何能夠為觀眾帶來好心情呢？

2. 下雨天

一想到下雨，有些夥伴會想到涼爽，不錯，確實可以採用涼爽這個角度。一般在夏天，下雨天能夠為我們帶來涼爽而愉悅的感覺。我們可以這樣說：

「外面下著淅淅瀝瀝的小雨，給這個炎熱的夏天帶來了一絲涼意，在這樣一個涼爽的天氣裡與大家相聚在一起，我覺得非常開心。」

但如果是秋天和冬天呢？下雨可就不是涼爽的感覺了，而是很冷。這個時候我們可以思考一下雨水好的寓意。雨水在古時候有一個寓意是「財富」，借喻「財富」，我們可以這樣說：

「大家看到今天外面下著雨，在古時候雨水是財富的象徵，那麼也預示著我們的活動會越辦越好，大家的錢包滿滿。」

3. 惡劣天氣

如果今天的天氣十分惡劣，雷電交加、狂風暴雨，這個時候仍然有活動或者演講需要進行，而我們非要用寒暄應該怎樣說呢？這個時候我們可以這樣說：

「在這樣的天氣裡大家還能夠如約而至，我想是對我們的活動（對我的演講）最大的支持，我在這裡代表主辦方（我自己）感謝大家的到來。」

這種方式是天氣十分惡劣，我們實在沒辦法的情況下使用的措辭，同時，除了寒暄天氣之外，我們還可以寒暄場地和時節。

2.3.3　關注當下，讓觀眾覺得你很有見解

1. 場地，特定的地方

除了天氣之外，我們還可以利用場地來進行客套話。這個手法是大家很常用的一種。如果我們細心觀察過那些演說

表達類節目,會經常聽到選手們這樣說:

「今天很開心能站在×××這麼棒的舞臺上與大家分享我的演講。」

「我從來沒有見過有這樣好的平臺能夠讓我們暢所欲言。」

「今天能夠站在像×××這麼好的全國演講比賽的現場,我覺得非常榮幸。」

所有的地方,只要我們站上去的那一刻,都可以說這樣類似的話。

「很開心能在這麼好的平臺上與大家分享⋯⋯」

「第一次站在×××舞臺上與大家分享,我很開心⋯⋯」

我們可以借鑑這種方法來與主辦方拉近距離,同時也與觀眾拉近距離,讓觀眾知道今天來參加這次活動是對的,是不虛此行的。

2. 好時節,特定時間,如節日

我們除了可以談天說地之外,還可以利用節日。節日本身就充滿了歡喜的元素,大部分節日都可以用在開場的寒暄部分給予人好心情的感覺。

比如中秋節我們可以這樣說:

「在這樣一個傳統團圓佳節來臨之際,與大家相聚在一起

非常幸運,在這裡祝願大家家庭美滿、幸福安康。」

比如元宵節我們可以這樣說:

「今天能夠在元宵佳節這樣一個團聚的日子裡與大家相聚在這裡,我感到非常開心!」

兒童節、元旦我們可以這樣說:

「今天是兒童節,在這裡我祝願我們的小朋友們兒童節快樂,天天開心!」

「再過幾天就是元旦了,在這裡我祝福在座的各位在新的一年裡身體健康、心想事成!」

其他本身就寓意著美好的節日與這些道理相同,我就不再贅述了。

那有些不太好講的節日可不可以用?

比如清明節,清明節可能有很多人認為不太好用這個節日來寒暄,我們總不能說:能在清明節這樣一個節日裡與大家相見我很開心。演講者如果這麼一講,大家可能不開心了。那如果非要說清明節,那怎麼用呢?同樣,我們想像清明節我們一般都會做什麼,有什麼樣的意義?

清明節通常我們會掃墓,懷念祖先,懷念先輩。從這個寓意本身出發,運用清明節寒暄就會好很多,我們可以這樣說:

「今天是我們古老的傳統佳節,在這個節日裡,我們懷念先輩,懷念祖先,證明我們在座的每一位都是感恩之人。」

這樣，看似不太好寒暄的節日也能夠達成跟觀眾拉近距離的作用。

談「天」說「地」的間接寒暄方法可以讓我們大家將整體的演講氣氛放鬆下來，那如果用適當的方式來讚美觀眾，不僅可以造成寒暄的作用，還可以讓觀眾更加喜歡我們，因為人性本就喜歡讚美。

2.3.4　讚美觀眾，讓觀眾喜歡你

除了談「天」說「地」以外，誇獎觀眾也是一個很好的選擇。有很多情況下大家不知道如何誇獎觀眾比較好，我推薦給大家 3 種常用的誇讚觀眾的方式，同樣可以造成跟觀眾拉近距離的作用。

1. 自嘲法

自嘲自黑是一種語言藝術，很多名人都會在演講的時候使用自嘲自黑的方式來跟觀眾互動。

比如美國總統歐巴馬在告別演講的時候突然說話打結，本來場面瞬間尷尬，但馬上自嘲是「弱雞總統」，觀眾哈哈大笑可以緩解尷尬。

比爾蓋茲也曾在 2007 年哈佛大學畢業時〈永遠別向複雜

〈低頭〉的演講中這樣自嘲:「我為今天在座的各位同學感到高興,你們拿到學位可比我容易多了。我值得稱道的也只有被哈佛的校報稱作『哈佛大學歷史上最成功的輟學生』了。我想這大概使我有資格代表我這一類學生發言……在所有的失敗者裡,我做得最好。」這樣的自嘲,學生們聽起來會覺得更親近,原來我們都是校友。

2. 對比法

顧名思義,對比法是抬高一方貶低另一方。同時,我們要注意對比的對象不要太具體,否則容易得罪人。就比如在生活中也是一樣的,我們要誇某位老師課講得比較好:「王老師我覺得您的課講得太精彩了,比上次你們公司的張老師講得好多了。」這樣使用對比法並不恰當,很容易得罪人。

那怎樣使用會比較好呢?不要對比具體的人,而是將對比的對象換成一個範圍。同樣都是誇老師,我們也可以這樣說:「王老師,我覺得您的課講得太精彩了,是所有我接觸的老師中最能夠抓住我注意力的一節課。」「所有我接觸的老師」這個範圍很重要。我們一輩子會碰到很多老師,誰也不知道我們特指哪一位。這樣的誇獎既能夠達到誇獎的目的又不得罪人。

那舞臺上如何使用呢?道理完全相同,在對比法方面我們應該跟歌手們學習一下。很多歌手在開演唱會的時候都會

這麼說:「高雄的朋友們,你們太棒了,你們是我見到最熱情的觀眾!」觀眾激動得不得了。下次他去臺北還是這麼說,去臺中也這麼說,去任何一個地方都這麼說。

我們在做演講的時候也可以這麼說:「臺中分公司的各位夥伴是我目前為止見過最熱情的夥伴,我相信你們的熱情可以感染我,也一定會感染更多的客戶。」

3. 價值法

談對方在我們心目中的價值很高,值得我們犧牲時間、金錢來與之溝通。之前在私下裡,我就運用這個方式誇過秋葉老師,在一次聽完課之後說道:「秋葉老師,您是我目前為止見過的最有實力的老師,我一直非常喜歡您,我特意坐國內航班來聽您這兩個小時的課程。」這樣一說,秋葉老師被誇獎的同時,還真的能夠體會到我的誠意。

在舞臺上的誇獎方式相同,我們也可以這樣說:「昨天我來臺東的路上一波三折,本來是坐飛機,結果飛機停飛了,然後我想要不然坐高鐵吧,雖然時間長了點,但也應該能在開始之前趕到,沒想到高鐵沒有直達這裡的票,我只好坐了一夜的順風車才趕上今天的演講。但這途中我從沒有產生不想來的念頭,因為在去年的分享中,我發現臺東的夥伴是我見過最愛學習的群體,為了你們跋山涉水我也要來。」

我們透過談天說地以及讚美觀眾這 3 種間接寒暄的方法，來幫助大家在說客氣話的環節拉近與觀眾的距離，方法很多，但不必每個都用，只要造成跟觀眾拉近距離的作用就可以了，大家可以自己根據場合來進行選擇。

與觀眾寒暄過後，還有一個重要的步驟，可以說這個步驟決定了我們的主題是否被塑造得更神祕、更有吸引力，這個重要步驟就是引出主題。

2.4 即興演講開場的點睛之筆 —— 引出主題

2.4.1 吸引觀眾，突出主題的重要環節

在進行開場的前三步：問好、自我介紹、客氣話之後我們應該說什麼呢？有很多夥伴在這個時候就直接開始分享主題了。直接分享主題並不是不可以，但觀眾難免感覺有些突兀。因為客氣話的作用只是跟觀眾拉近距離，跟我們要表達的主題沒有任何關係。所以在丟擲主題之前，還需要有一個環節，這個環節就是引出主題，我們簡單地稱之為引題。

2.4.2 引題的 6 種方式

這一步我認為是整個開場最重要的一步。因為無論中文演講還是英文演講都很重視這一步，特別是英文演講。大家可以去看看 TED 演講，可能沒有前 3 個步驟，但是肯定會有引出主題這個環節。並且每一位演講者都在這一步花盡心思，想辦法引起觀眾的注意，吸引觀眾的眼球，將觀眾帶入

自己的主題當中。那怎樣引出主題呢？我介紹給大家 6 種引題方法。

1. 講故事

講故事的方法很常見，特別是在 TED 演講中，幾乎大部分的演講者一上來就直接引用一個故事，也就是用一個跟主題相關的故事帶大家進入主題。

在〈如何掌控你的自由時間〉這篇 TED 演講中，時間管理專家勞拉・萬德坎姆身為演講者先跟我們分享了兩個關於時間管理的小故事。

「當人們發現我在寫關於時間管理的內容時，他們總會假設兩件事。第一件事是我總是很守時，但我不是。我有 4 個小孩，我倒是很想把偶爾的遲到怪到他們頭上，但有時候並不是他們的責任。我有次連自己的時間管理講座都遲到了，當時大家只得一起體會一下其中的諷刺意味。第二件事就是他們覺得我有很多訣竅來節省各種零散的時間。有時候我會收到雜誌社的來信說他們正在根據這樣的思路寫文章，通常是關於如何幫助讀者在一天中抽出一個小時的時間。這個想法是說我們把日常活動中省出零散的時間加起來，這樣我們就有足夠的時間來做有意義的事了。我對這個概念的整個前提保持懷疑，但我總是對他們在打電話給我之前想出了什麼點子很感興趣。」

勞拉用兩個小故事告訴我們即使是時間管理專家也會被突發情況打擾而遲到，即使是時間管理專家在有 4 個孩子要照顧的情況下也沒有大塊時間處理自己的事情，零散時間就是大塊時間。這也是她接下來要講的演講主題。藉由她的引題我們會直接透過故事對她要講的主題有印象，同時還有一點打破對時間管理常規認知的小笑點，這兩個故事的用法達到了一舉兩得的效果。

同時，講故事這個方法除了演講者自我講述之外，還可以採用多媒體手段來進行。比如，上場我們先讓大家看一段短片，透過短片告訴大家我們要準備講什麼。再比如，在消防培訓中就經常會採用這樣的方式。消防的培訓師在培訓的過程當中，通常簡單地問好後，就直接為我們播放一個關於火災的影片，我們身為觀眾看到影片就會被觸動，隨後培訓師會引出關於火災的成因以及如何自救的部分。這些都是在使用講故事的方式來引出主題。

2. 引用名人名言

引用名人名言、名言警句、經典詞句，也是一個很好的引題選擇。如果今天要分享關於思考的話題，我們可以引用孔子的話：「學而不思則罔，思而不學則殆。」

如果今天要分享關於旅行的話題，我們可以引用網路流行語。網上曾經流傳這樣一句話：「世界那麼大，我想去看看。」

如果今天打算分享關於信任的話題,我們可以引用某著名企業家的話:

「真正的企業家最大的資源不是錢,而是信任」等,關於名言警句、名人名言,只要我們想找,都可以在網路上、書籍中找到很多符合自己主題的金句。找到之後直接引用,不僅可以達到引入主題的效果,還能夠讓觀眾感覺到我們是一個有儲備的演講者。

有的時候,我們可能在即興演講中準備的時間很少,突然想引用一句話,但實在想不起來是誰說的了,那該怎麼辦呢?我們可以採用「有人說、都說、聽說、俗話說、網上流傳著這樣一句話」,這樣的方式可以快速緩解「忘記是誰說的」尷尬情況。

3. 可對比數據

引用相關數據並且進行有效對比,可以讓觀眾有很具體的對象感和衝擊力。

當然,我們在進行演講的時候,也可以運用引用數據的方式來帶動觀眾的真實感受。但需要注意的是,有數據的同時還要有對比,缺少對比的數據,通常給別人的衝擊力也會下降。

比如:公司今年的業績與去年同期相比上升10%。

上升10%這個數據給每個人的感覺並不相同,有些人會

認為上升幅度很大，有些人會認為一般，有些人會認為上升幅度很小，還有些人沒什麼感覺。身為演講者，我們分享這個數據一定是有目的的，這組數據的分享一定是想讓對方覺得數據是有很大上升幅度的。這樣來看只有數字的運用就不夠，我們可以再加一個數據進行對比。

調整後：公司今年的業績與去年同期相比上升 10%，這個數據是我們業務部 5 年以來最高的一個上升幅度，上一次上升幅度只有 3%。

10% 和 3% 的對比讓觀眾一目了然，確實能夠體會到確實上升幅度很大，引用帶有對比的數據會讓觀眾的感覺更加真實、清晰。

4. 提問題

提問題的方式是在舞臺上互動效果最好的方式，這樣會讓觀眾有參與感，當觀眾有了參與感就不會覺得只是在聽別人的演講，事不關己的心態會大大減少。提問題有兩種方式，一種叫封閉式問答，另一種叫開放式問答。這兩種問答法在我們日常生活當中經常使用，比如最簡單最常見的一個例子，如果問大家一個問題：今天吃飯了嗎？回答無非就是兩種，吃了或者沒吃。對於表達者而言具有這種答案可控特點的問答方式，就叫封閉式問答。同樣像是不是、對不對、好不好、能不能等也都屬於封閉式問答。

開放式問答的特點正好與封閉式問答相反，開放式問答的答案對於演講者來說往往不可控，同樣是關於吃飯的問題，如果問大家：今天吃什麼了？回答有可能是包子、水餃、麵、飯⋯⋯演講者並不清楚觀眾到底要回答什麼，相對來說難以把控觀眾的回答。那這兩種方式哪一種更適合我們在舞臺上跟觀眾互動呢？我想答案是顯而易見的，第一種封閉式問答更容易產生互動效果。

因為對於演講者來說，封閉式問答答案可控性較強而適用於在舞臺上、人多時使用，並且很多演講者都會採用這種方式。

某位嘉賓在節目中，分享她學習英語這個話題的演講時，開口第一句就問道：「我要問在座的各位朋友一個問題，在場學過英語的請舉手。」依然採用的是封閉式問答的方法來引出主題並且增強與觀眾的互動性。

某知名企業家在國外的一次演講中問臺下的觀眾：

「知道我們公司的請舉手。」從而帶動下面的觀眾，引出接下來的演講主題。

提出一個封閉式問題的引題方式更容易調動觀眾的積極性，同時我們要注意一點：沒有總結的問答是無效的。

比如：與觀眾分享一個有關旅行的話題，可能會這樣問道：大家喜歡旅行嗎？答案無非就是兩種：喜歡或者不喜歡。如果

第二章 〈開場〉 萬事起頭難，好的開場是成功演講的一半

觀眾很配合我們，大部分人回答「喜歡」，那太好了。我們可以直接說：「我看到大家都很喜歡旅行，我也喜歡，今天我就與大家分享一下旅行帶給我們的好處。」但也可能有一部分觀眾回答「不喜歡」，這個時候我們要怎麼回答？回答「我喜歡」嗎？肯定不能不顧觀眾的感受直接說「我喜歡」，否則觀眾就會覺得：你喜歡就你喜歡，問我幹什麼？問了我，我說不喜歡，你又不管我。這樣觀眾就會覺得演講者有些莫名其妙。所以不管觀眾回答的答案是不是我們想要的，我們都要去總結觀眾的答案。那如果觀眾回答「不喜歡」，我們應該怎樣回應呢？

我們可以這樣說：「我看到有很多朋友並不是很喜歡旅行，那麼我想大家對生活的理解與追求是不同的，有些朋友認為旅行是走出去，有些朋友認為即使在家裡看電視也是一種心靈的旅行。今天我想與大家分享一下我心目中的旅行，旅行是……」所以，如果觀眾回答的答案不是我們想要的，那就更要在講主題之前進行總結，既能回應觀眾又能達成過渡的作用。

當然，在我的培訓生涯中，遇到過很多來自不同職位的同學。有一些政法行業甚至政府部門舉辦演講比賽的時候，同學們經常跟我說，我們的比賽要求嚴肅，提問題不可能有人回答，那這種情況是不是不適合採用提問的方式？

針對這種情況，我想先跟大家強調一點：封閉式提問已經將答案偷偷藏在問題裡了。臺灣有一位專門教故事小說課

的老師叫許榮哲，他在自己的《故事課》（全集）中提到的正是這句話：封閉式提問已經將答案偷偷藏在問題裡了，一旦回答便成功一半。並且封閉式問答有一個很大的優勢，在《提問的藝術》中提道：封閉式提問，本身就是一道簡單的「是非」題。正是因為封閉式問答有如此的特性，並已經將答案藏在問題裡，所以我們往往對簡單的問題會下意識地回答。比如，我們來做一個小互動：請問你的體重是多少？大部分人絕對不會張嘴回答我，但大家的心中會立即蹦出那個數字。這就是下意識的反應，因為這個問題的答案太簡單，所以我們的答案也會立即從心裡蹦出來。

也就是說，無論演講的場合是否嚴肅，我們都可以採用提問的方式，觀眾聽到問題之後，可能嘴上不回答，但心裡一定在回答，這就足夠了，因為我們的提問已經引發了觀眾的思考。

值得強調的是，在提問中引發思考也是一種非常重要的互動方式，如果因為客觀因素，觀眾基本上不會回答問題也沒有關係，只要將問題丟擲出去，給 1～2 秒的時間，引發觀眾對問題的思考即可。

同時，也可以疊加幾個問題一起提問，多次引發大家思考。之前我輔導過一位學生，他是在政府部門工作，在他的一篇演講的開頭，我幫助他設定了疊加並且不用觀眾回答的一系列引發思考的問題。

「首先我想請問大家幾個問題：大家知道每天早上的時候第一個拿起工具出去幫助我們清掃道路的人是誰嗎？大家知道每天為我們提供美味可口的午餐的人是誰嗎？大家知道整潔乾淨的大樓衛生是由誰在維護嗎？」運用這幾個疊加問題引發觀眾的思考，大部分觀眾幾乎答不出來，即使有知道答案的，也不能保證他會當場給出回應。這時回答與不回答都不重要，因為那一刻觀眾已經在思考問題的答案了，我們要做的只是引發思考就好。

多使用封閉式問題增強觀眾參與感，讓觀眾感覺到，這個演講與我有關。同時，一般在舞臺上不建議缺少舞臺經驗的人使用開放式問題，因為我們沒有辦法預判觀眾的答案到底是什麼，回答不好往往會弄巧成拙。

5. 利用實物引題

有一些演講者為了更好地增強舞臺效果，會採用一些道具來做開場的輔助。

在《像 TED 一樣演講》(*Talk Like TED*) 中，有一個例子令我印象很深刻：比爾・蓋茲在一次演講中，運用的一個吸引人的手法，「他在舞臺中間放了一張桌子，然後在桌子上放了一個玻璃瓶，裡面放了一個瓶子，瓶子裡面放了幾隻蚊子，然後在現場將蚊子放了出來，這個舉動讓在場所有的人印象深刻，觀眾可能記不住比爾・蓋茲之後講的具體內容，

但是觀眾一定記住了他的這個舉動」。

利用實物引題這個方法需要因地制宜，因為很多情況下我們的演講場地不允許，道具沒有準備充分而不能使用，甚至有些地方連多媒體設備都沒有。所以，如果大家在演講的時候想使用道具作為開場，請提前跟場地方取得聯繫，確保我們的方案可以實施，如果場地不允許，立即採用 Plan B。

6. 遊戲開場

有一些跟我一樣做培訓的朋友，非常喜歡在開場的時候透過一些小遊戲來激發大家的積極性和參與感。比如，在進行目標管理培訓的過程中，我非常喜歡採用「10 秒鐘拍手」的小遊戲來帶動大家。大家可以跟我一起來體會一下這個小遊戲。

「我想問大家如果我只給大家 10 秒鐘時間，你覺得你最多能拍多少下手呢（此時不要讓觀眾試驗，先讓他們猜）？」

一般情況下大部分夥伴會猜 20～30 下。

「現在我幫大家計時 10 秒鐘，我們盡可能地多拍手，你們數數自己拍了多少下。預備開始。」

10 秒後⋯⋯「超過自己最一開始預估數量的請舉手。」基本上都能夠超過。

「那如果我說，10 秒鐘你能拍 100 下你信嗎？」有些人會

說信,大部分的夥伴都會說不信。

「那我給大家一個方法,我寫 10 個字『我就是演講高手于木魚』,下面大家看著這 10 個字,我們不必再數到 100 了。而是看見一個字就拍手,心裡數到 10,到 10 了就看下一個字,再在心裡數到 10,以此類推看到最後一個字,就是 100 下。現在我們準備好雙手,計時開始。」

是不是真的會拍到 100 下?會的,有一部分朋友會在這個遊戲中真的 10 秒鐘拍到 100 下。但也有些朋友沒有拍到 100 下,不過基本上拍到了 70 下左右或者 80 下左右甚至 90 下左右,這個時候已經開始引發大家的思考了。

「大家還記得最開始你說自己能拍幾下嗎?現在不管你有沒有拍到 100 下,是不是遠遠超出了最開始的預期?所以,我們會發現,我們也許有目標,但是目標太過於宏大我們實現起來很困難,需要把目標進行像這 10 個字一樣的拆分,變成小目標,一個一個完成,這樣就可以達到自己完全意想不到的效果。」

這個培訓小遊戲就作為課程的開場引題,正式將大家帶入了課程當中。

精心設計的遊戲作為開場仍然可以幫助我們,達到活躍氣氛和引入主題的雙重效果。

無論在何種場合,只要是讓我們進行發言,無論是有準

備還是無準備，從椅子上站起來的那一刻，我們就要開始想開場 4 步流程。換句話說，我們可以把自己的大腦想像成電腦，按照順序開始講我們要說的話，問候、介紹自己、客套話、引出主題。

有很多朋友到這裡就產生疑問，「所有的方法都用上是不是會耗費很長時間啊？」我在上面教大家的是很多種方法，這麼多的方法在用的時候任選其一使用就可以了，大家要記住開頭不是我們要表達的最主要的部分。我們的重點在於接下來的主題，而並非在這裡，所以這 4 個步驟加起來的時間在 1 分鐘左右（我們以 5 分鐘以內的演講為例）。否則，後面留給主題的時間就太少了。

同時，這個流程是需要反覆進行練習之後熟練運用的。當我們熟練掌握這個流程之後，我們邊說邊想的能力就會提高很多。

好的開始是成功的一半，運用開場 4 步驟就相當於解決了演講難起頭的問題，我相信大家也邁出了通往成功演講的第一步。成功的關鍵更在於接下來我們要一起來打磨的演講主題和邏輯的部分，只有好的內容才能夠帶給觀眾最好的體驗。第三章可以說是本書的重中之重，我會用大量的篇幅來講解如何在演講當中讓我們的表達有邏輯、有條理、有重點。

1 分鐘不同場景開場白訓練

到現在為止我們將開場的方法全部講解完畢。我想認真看書的夥伴一定都迫不及待地想開始訓練啦,下面訓練開始。

我們利用即興演講開場的 4 個經典步驟,從下面任選一個話題或者主題來進行 1 分鐘左右的開場白。

(1) 頭腦和身體總有一個要在路上。
(2) 你幸福嗎?
(3) 誰說「90 後」不可靠?
(4) 我和我的國家。
(5) 分享你的成功祕訣。
(6) 自己選一個喜歡的主題或者話題。

如何做一次精彩的開場白？

　　這個問題的重點在於「精彩」二字。大家藉由學習方法後，都能夠進行演講開場。有些夥伴要求會比較高，希望自己的開場「精彩」。怎樣才叫精彩？我想無非就是給人印象深刻或者能夠跟觀眾有好的互動或者能夠引來觀眾的掌聲。

　　如果在準備時間比較充足的情況下，這種精彩是可以達到的，但同時需要設計開場白。

　　如果我們想讓演講令觀眾印象深刻，可以採用「利用實物」的方法來進行開場。那具體的實物放在演講舞臺的什麼位置比較好？實施效果怎麼樣？都需要我們設計並且去演練，才能夠確保達到印象深刻的效果。

　　如果想讓觀眾跟我們有互動，那就採用「提問」的開場多引發觀眾的思考，帶動觀眾，這樣就會有很好的開場互動效果。

　　如果我們希望能夠引來觀眾的掌聲，可以採用「遊戲」的方式，在遊戲過後再進入主題，通常會給人一種「恍然大悟，原來如此」的感覺，這種感覺往往會讓觀眾鼓掌。

　　如果我們可以準備一些幽默的題材，演講時有笑點和段子，這樣也能夠讓觀眾給予掌聲。

第二章 〈開場〉 萬事起頭難，好的開場是成功演講的一半

要想收穫一個精彩的開場，要先明確我們的開場想達到什麼程度的精彩。確定後，開始設計開場並多次預演，確保不出差錯。

第三章 〈邏輯〉
5 種即興演講中的重要邏輯，讓你的演講有根有據

第三章 〈邏輯〉 5種即興演講中的重要邏輯,讓你的演講有根有據

在開場過後,我們就要進入演講的正題了,開始進行主題和內容的分享。在演講當中我們會遇到一些問題。

1. 有些人會覺得自己在演講的時候沒有重點,講到最後觀眾也不知道自己到底要說什麼。

2. 有些人覺得自己說話雜亂無章,沒有順序,講著講著自己也不知道說到哪裡了。

3. 有些人覺得自己的說服力不夠,自己的演講總遭到別人的質疑。

4. 還有些人覺得自己不會講故事,講故事缺乏感染力,不能夠打動別人。

這些都是在演講中大家急切想解決的一些問題。換句話說,演講跟平時閒聊天最大的不同點就是要有目的性。為了達到這個目的,我們在演講時對自己的語言要求會變高,希望自己有重點、有條理、有邏輯、有感染力、有說服力⋯⋯這些問題我統一把它們稱為演講技巧問題,本章「邏輯篇」會詳細講解,讓大家理順演講思路,會講故事,演講內容論證詳實從而增強演講的感染力、說服力。

3.1 即興演講中的時間順序邏輯，讓你講明白一個故事

在大家想了解與演講有關的知識或者技巧前，有一句話大家一定聽過：演講就是講故事。很多演講教練、培訓師也都屢次告訴我們講故事是演講中非常重要的內容，甚至可以毫不誇張地說，講故事就是演講的全部。美國溝通專家、艾美獎得主，也是《像TED一樣演講》的作者卡邁恩·加洛（Carmine Gallo）在他2018年出版的《會講故事才是好演講》（*The Storyteller's Secret*）中提到這樣一段話：

我一次又一次地發現：不管在哪裡，不管我面對的觀眾是誰，最能引起共鳴的總是最棒的TED演講者是如何掌握講故事的技巧的？好故事是如何成為所有偉大溝通者的溝通基礎的？透過與觀眾的交流，我第一次意識到，會講故事不僅是實現完美TED演講的關鍵，它還有一個更大的使命──挖掘潛能。

這段話裡至少有3個重要訊息傳遞給要成為演講高手的你。

1. 最能引起共鳴的TED演講者也要講故事。

2. 會講故事是完美TED演講的關鍵。

3. 故事可以挖掘潛能。

第三章 〈邏輯〉 5種即興演講中的重要邏輯，讓你的演講有根有據

對於剛剛接觸演講或者演講剛入門的夥伴們來說，如何講好一個故事就顯得尤為重要。我認為要想講好一個故事實際上是需要分步驟的。

1. 先交代清楚一個故事。
2. 這個故事對主題造成怎樣的作用。
3. 怎樣描述這個故事更有感染力。

在剛開始接觸演講的時候，講清楚一個故事比講好一個故事更重要。因為觀眾先是要聽懂才有可能被感染，試問一個完全聽不懂的故事如何能夠感染別人呢？所以這一節我們先從交代清楚一個故事入手，逐步幫助大家來建構自己的演講框架或者說演講體系。

在講故事這件事情上大家通常會被3個問題困擾。

1. 覺得自己講故事囉唆，沒什麼重點。
2. 覺得自己講的太少，不知道怎麼講才能更精彩。
3. 不知道按照怎樣的順序表達，講著講著自己就亂了。

這3個問題如果有1個中招了，就要先解決自身的問題，再來進行技巧和方法的訓練。

在網際網路時代，只要上網搜尋，就一定能找到很多關於講故事的技巧和方法，但大家會發現不管收集了多少方法和技巧，在實踐方法的過程當中，仍然可能會出現上面的老問題。

所以，如果不先解決這 3 個問題，很容易出現這個方法不適合，那個方法也不好用，甚至覺得自己不適合演講的情況。這 3 個問題會在後面逐一幫助大家解決並給出適合的解決方案。

在講故事當中，我認為順序是第一個要解決的問題，因為有些夥伴連自己講解故事的順序都沒有搞清楚，更別提有重點和講得精彩了。那故事當中什麼樣的順序需要我們注意呢？

大家想像一下這樣的情景。

前一天晚上大家看了一部新上映的電影，情節非常精彩。第二天來到公司，同事會讓我們來分享一下新電影的內容。這個時候，我們是很有表達欲望的，因為自己也覺得電影很精彩，於是從頭開始介紹電影情節。

本來剛開始講得挺好的，大家都能聽懂。結果講到一半的時候，突然想起來，前面有一個重要的環節忘記說了。於是又回到前面去補充，然後再講回來。這個時候但凡我們細心一點，就會發覺，同事們已經開始搞不懂情節了，甚至有些著急的還會不斷提問。最後，連我們自己也可能亂了，隨口給同事們一句：「總之，就是很精彩，你們趕緊去看！」

這中間的問題出在哪裡了？明明一開始講得很順利，但中間一補充，聽眾怎麼就聽不懂了？因為電影是自己看過，自己有印象，但是聽眾沒有看過，腦海當中沒有任何印象，

完全是憑藉著我們的描述去腦補。一旦說的人表達的順序變了,跳來跳去,聽眾腦海當中的畫面就會「崩塌」,所以也就跟不上了。

透過這個情景,給一個啟示:觀眾沒有經歷過我們的人生,甚至在此之前沒有接觸過我們講的故事。如果在講經歷、講故事的時候不按照一定的順序講解,觀眾聽著就會覺得講得很亂、這個演講者講得不好。這也就是我們在表達的時候,大家比較追求的邏輯性、條理性,因為按照某一種順序表達,就是有條理的展現。

3.1.1 按照「時間軸」進行講解,是最經典的演講時間順序

按照時間順序表達,是講故事當中存在最多、最容易掌握也是最重要的表達方式之一。

首先,時間順序是我們最容易掌握的一種表達,因為我們從小就開始接觸時間順序了。比如,小時候老師讓我們寫日記,我們都會從起床開始寫:

8:00 起床;

8:10 盥洗;

8:30 上學;

我們會按照時間點去進行日記的記錄，所以從某種程度上來說，時間順序不用刻意學。

雖然我們小時候就會運用時間順序寫日記，但在演講的過程中、在講故事的過程中，大家並沒有將時間順序運用到位。

當然，在演講當中我們肯定不會用小時候寫日記那樣的「流水帳」體，而更多的是運用時間順序使我們的表達更加有條理性、邏輯性。

這裡要跟大家分享10個在演講表達中常用的時間順序。

(1) 過去……現在……未來
(2) 首先……其次……最後
(3) 昨天……今天……明天
(4) 第一階段……第二階段……第三階段
(5) 初期……中期……末期
(6) 年初……年中……年末
(7) 以前……現在……之後
(8) 10年前……10年後
(9) 畢業前……畢業後
(10) 工作前……工作後

實際上時間順序的例子在我們身邊隨處可見，比如，余光中的現代詩〈鄉愁〉。

第三章 〈邏輯〉 5種即興演講中的重要邏輯，讓你的演講有根有據

> 小時候，
> 鄉愁是一枚小小的郵票，我在這頭，
> 母親在那頭。長大後，
> 鄉愁是一張窄窄的船票，我在這頭，
> 新娘在那頭。後來啊，
> 鄉愁是一方矮矮的墳墓，我在外頭，
> 母親在裡頭。而現在，
> 鄉愁是一灣淺淺的海峽，我在這頭，
> 大陸在那頭。

這裡的「小時候……長大後……後來啊……而現在」就是非常典型的時間順序。

2005年，賈伯斯在史丹佛大學的經典演講〈求知若飢，虛心若愚〉中有這樣一段話也採用了時間順序。

這得從我出生前講起。我的親生母親當時是個研究生，年輕的未婚媽媽，她決定讓別人收養我。她堅持認為應該讓有大學學歷的人收養我，所以我出生時，她就準備讓我被一對律師夫婦收養。但是這對夫妻到最後一刻反悔了，他們想收養女孩。所以在等待收養名單上的一對夫妻，我的養父母，在一天半夜裡接到一通電話，問他們「有一名意外出生的男孩，你們要認養他嗎？」而他們的回答是「當然要」。後來，我的生母發現，我現在的媽媽根本不是大學畢業，我現

在的爸爸則連高中畢業也沒有。她拒絕在認養檔案上做最後簽字。直到幾個月後，我的養父母同意將來一定會讓我上大學，她才轉變態度。

17年後，我上大學了。但是當時我一無所知地選了一所學費幾乎跟史丹佛一樣貴的大學，我那工人階級的父母所有積蓄都花在我的學費上。6個月後，我看不出在這裡唸書的價值何在。那時候，我不知道這輩子要幹什麼，也不知道念大學能對我有什麼幫助，而且我為了唸書，花光了我父母這輩子的所有積蓄，所以我決定休學，相信船到橋頭自然直。當時這個決定看來相當可怕，可是現在看來，那是我這輩子做過的好的決定之一。當我休學之後，我再也不用上我沒興趣的必修課，把時間拿去聽那些我有興趣的課。

在這段的節選中，演講者賈伯斯在大的框架上就採取了很明顯的時間順序。

透過這個例子我們不難看出，時間順序在演講中幾乎無處不在。雖然我們並沒有很明顯地標記出時間點，但確實在按照時間的軌跡進行表達。這種含有「時間軸」的表達方式就是時間順序邏輯。

大家一起來思考一下，假設今天我要跟大家分享的話題是「成長」。除了可以用「之前……之後……」這樣比較直接的方式來表達時間順序之外，還有一種比喻的方式也可以表達。

比如：我認為我們的成長就像一棵樹一樣，要經歷幾個大階段。剛開始我們都是一顆還沒有發芽的種子，之後經歷扎根、生根、發芽，再到枝繁葉茂。這幾個過程長成了樹木，這實際上也是我們自己的成長路徑⋯⋯

這種方式的比喻是不是也含有「時間軸」呢？沒錯，只要是內含有時間軸的表達方式都是時間順序邏輯。

雖然時間順序邏輯我們從小就會，並不用刻意地學習，但我們在運用時間順序邏輯的時候，需要注意時間順序邏輯的順序不能改變。

3.1.2　時間順序邏輯需注意：順序本身不能改變

在演講表達當中，內含「時間軸」的表達方式就是採用了時間順序的方式，並且這種方式的使用率非常高，幾乎每一個演講裡面都會有時間順序的影子。如果大家認為知道了「過去⋯⋯現在⋯⋯未來」的表達方式就能夠講好一個故事或者做好一次演講，那就大錯特錯了，即使是知道了方法，但知道和做到之間還是有差距的。即使我們都知道要按照時間順序表達，但在真正表達的時候仍然會有順序上的問題，順序一旦出現錯誤，觀眾一定聽不懂我們到底想表達的是什麼。

關於時間順序這裡有這樣的一個案例。

小張是「獅子會」某分社的重要成員,「獅子會」這個慈善公益組織,經常性舉辦一些捐贈和義賣活動,讓很多人都開始意識到慈善、獻愛心的重要性。「獅子會」值得稱讚的地方不僅是他們每一位成員有愛心,而且每一位成員都有機會去舉辦和主持活動、去演講以介紹獅子會的一些慈善專案。這一次輪到小張進行活動組織和上臺發言。這一次的活動對於小張所在的分社來說很重要,因為他們首次打破常規的捐贈圖書服務,第一次將募集捐款用於資助大學生上學這個專案上。所以,大家都很重視。小張也希望把這次活動辦好,並且能夠在最開始的發言中講好開場詞。於是他事先準備了一段演講發言詞。

親愛的各位師兄、師姐以及到場的各位來賓們,大家午安。我是來自本市獅子會分社的小張,今天很開心能夠在××商城,這樣一個地處本市繁華地帶的大型商場裡與大家一起參與這次義賣活動。我們這次活動所有的款項,都將用於本年度剛高考完即將上大學的困難家庭的大學生身上。這是我們××分社的一次新活動,在××隊長的帶領下,我們以前主要以捐贈圖書為主。這次是一個突破,雖然這筆資金不能替大學生們解決根本問題,但是我們貢獻出自己的一份綿薄之力,將這個活動進行下去,希望大家都盡愛心。我也看到有很多獅友的家屬也在活動當中幫忙,給予我們支持。在此謝謝大家,這個活動會很好地進行下去的。

第三章　〈邏輯〉　5種即興演講中的重要邏輯，讓你的演講有根有據

　　我想先問問大家，當我們讀完這段演講詞，有什麼樣的感受？是不是不知道對方在說什麼呢？也不清楚演講者到底想表達什麼？我將這段演講詞以文字的形式呈現出來，本身就幫了小張一個大忙。因為以文字的形式呈現出來，大家如果有看不懂的地方，會反覆地讀，這樣到最後總能明白其中的意思。

　　讓我們換一個角度去分析這段簡短的演講詞。既然是一篇演講詞，就是有人在講演講詞，聽眾們看不到演講詞，而是透過演講者的表達去聽演講詞。聽演講詞和看演講詞最大的區別在於前者是邊聽邊想，後者是邊看邊想。邊聽邊想屬於瞬時記憶，跟邊看邊想相比，缺少思考的時間。對於需要立刻接收消息的聽眾來說，這段演講詞在順序上有些凌亂。那麼，我們先來分析一下這段演講詞的問題到底出在哪裡？

　　首先來看，小張的演講詞開場部分做得很好，運用了第二章講解的開場公式。細看正文部分就出現了一些問題。他先說了這次義賣活動的具體內容，再說 ×× 分社以前的服務專案，這樣觀眾的注意力一下子被轉移了。轉移到以前的服務專案上了，後面又講了這次是什麼活動，接著講了這次活動的初衷，說到這裡大家有沒有發現順序上的問題呢？如果我們將順序調整，並且將部分語言精煉，我們再來看看。

　　下面是我幫助小張調整過的演講詞。

親愛的各位師兄,師姐以及到場的各位來賓們,大家午安。我是來自本市獅子會××分社的小張,今天很開心能夠在××商城,這樣一個地處本市繁華地帶的大型商場裡與大家一起參與這次義賣活動。那麼,首先讓我簡單介紹一下我們分社的服務專案。之前,我們常年都在做募集以及捐贈圖書的服務專案。但是,我們不僅堅持我們的圖書專案,並且在××隊長的帶領下,組織策劃了新的服務專案——本次義賣活動。值得一提的是,本次義賣活動的所有資金將毫無保留地捐贈給家庭困難的準大學生們作為他們上大學的部分費用支出。同時,我也看到今天有很多獅友的家屬在活動當中幫助我們,並且還有其他並不相識的愛心人士也參與到活動當中來。在這裡我感謝大家的支持,我們的每一分綿薄之力都是對慈善的莫大援助。感謝在場的每一位朋友們。謝謝大家。

　　順序調整之後,我們很明顯可以感覺到小張在表達的過程中是遵循某一個時間軸來進行的:之前,這一次,強調(值得一提)。這樣的表達能夠讓觀眾很明確地知道演講者在講什麼,也將本次活動的初衷表達得很清楚。

　　所以在使用時間順序進行演講的過程中,時間順序不能改變,一定要按照事情發生的時間軸來進行講解,這樣才能夠保證觀眾聽懂你的故事。

　　在我們明確知道時間順序邏輯最需要注意的就是順序問

題之後，有很多人都希望把自己的故事講解得生動形象，如何更好地描述故事，讓觀眾能夠身臨其境？這就需要演講者用語言來調動觀眾的感官。

3.1.3　故事缺乏感染力？感知到就能表達出來

運用時間順序邏輯讓觀眾聽懂我們的故事，這只是演講故事表達中的第一步。如果能讓觀眾感受到我們的表達有感染力、生動、形象，那麼觀眾會更喜歡我們的故事，從而對我們的演講印象深刻。

這就要求我們學會描述，用嘴巴進行描述。透過我們的描述，讓完全沒有見過這個場景的觀眾，自行腦補出這個圖、這個畫面、這個場景。讓他們感覺好似自己身臨其境。這時候我們就要帶動觀眾的感官──五感：視覺、聽覺、嗅覺、味覺、觸覺。那麼，如何進行描述來帶動觀眾的五感呢？

別著急，先來回想一個場景。大家都看過電影吧！有沒有看過稍微驚悚一些、恐怖一些的電影？這種類型的電影除了故事情節讓我們覺得很嚇人之外，還有什麼讓我們覺得很恐怖？畫面和聲音。

一般情況下恐怖片的色調都是暗色系的，偶爾出現亮一些的顏色也是讓人覺得不舒服的比如血紅、螢光綠等，這些

顏色都讓大家覺得很刺眼，這是在刺激我們的視覺感官。

在聲音方面，電影一般會採取「砰」很爆炸性的聲音嚇人一跳，或者將聲音描述得很細緻，回想一下拉長音的開門聲，或者走廊裡高跟鞋走路的聲音。這些都是在刺激我們的聽覺感官。

也就是說，電影在用拍攝的手法來影響我們的感官，讓我們有一種身臨其境的感覺。演講也是相似的道理，這就要求演講者藉由語言的描述來影響觀眾的感官。

不過，我們會發現演講和電影有很大的區別，電影是看得到驚悚的畫面，聽得到變化的聲音的。但這些演講都沒辦法滿足，難道就沒有辦法了嗎？當然有，有一種手法跟演講很像，甚至比演講還要難一些，因為演講還能夠看得到演講者的演繹，聽得到演講者的聲音，但這種方式既聽不到聲音也看不見畫面，卻仍然還能夠讓閱聽人身臨其境，這是什麼手法呢？──寫作。特別是虛構類、推理類小說，所有人都看不到小說當中建構的場景，但是作者透過文字的描繪，讓我們自行腦補出了這樣一幅圖，而且每個人的圖不盡相同，每個人的理解也是不同的。這也是小說被拍成電影或者電視劇之後褒貶不一的原因，因為看過小說的人所建構的圖跟導演理解並拍攝出來的圖和場景是不一樣的。那麼小說是怎樣調動我們的感覺的呢？下面我們一起來欣賞一段小說中的描述吧。

第三章 〈邏輯〉 5種即興演講中的重要邏輯，讓你的演講有根有據

　　穿著制服的警察在大樓前拉起警戒線阻擋看熱鬧的人。笹垣鑽過警戒線，一個警察用威嚇的眼神看他，他指了指胸口，表明警徽在這裡。那個警察明白了他的手勢，向他行注目禮。

　　大樓有個類似玄關的地方，原本的設計也許是裝設玻璃大門，但目前只用美耐板和角材擋住。美耐板有一部分被掀開了，以便進入。

　　向看守的警察打過招呼後，笹垣走進大樓。不出所料，裡面十分幽暗，空氣裡飄蕩著霉味與灰塵混雜的氣味。他站住不動，直到眼睛適應了黑暗。不知從何處傳來了談話聲。

　　過了一會，逐漸可以辨識四周景象了，笹垣這才明白自己站在原本應該是等候電梯的穿堂，因為右邊有兩部並排的電梯，門前堆著建材和電機零件。

　　正面是牆，不過開了一個四方形的洞，洞的另一邊暗不見物，也許是原本建築規劃中的停車場。

　　左邊有個房間，安裝了粗糙的膠合板門，感覺像是臨時充數的，上面用粉筆潦草地寫著「禁止進入」，大概是建築工人所為。

　　門開了，走出兩個男人，是同組的刑警。他們看到笹垣便停下腳步。

　　這一段是東野圭吾的推理小說《白夜行》中的一個片段。

　　我們在看這段小說節選的時候，在腦海當中有沒有浮現小說中所描繪的場景？我想一定有。那麼你覺得這段文字帶

動了你的哪些感官呢？是視覺、聽覺、嗅覺。如果你也這麼想那就極好了。那麼人有哪些感官呢？是視、聽、嗅、味、觸。我們在描述一件事情或者經歷的時候，如果你能帶動觀眾的五感，就能讓觀眾身臨其境。

這裡列舉一下用語言進行描述五感的方法。

視覺：可以從顏色、大小、形狀這幾方面進行。

聽覺：擬聲詞，比如：水滴的聲音——滴答滴答；打乒乓球的聲音——乒乒乓乓；敲門聲——咚咚咚……除了擬聲詞以外還有對話。

嗅覺：香味、臭味、酸味……

同時還可以進行類比描述，能夠讓我們有更加具體的感知：比如我們要描述一個麵包很香，光有香字程度還不夠，我們就可以描述是什麼樣的香——奶香、麥香、果香……

味覺：酸、甜、苦、辣、鹹……

觸覺：冷的、熱的、軟的、硬的……

還可以進行程度上的細緻描述：如果說這個東西很涼，大家可能不會有太深刻的感覺。如果說這個東西冰涼，意思是就像冰一樣涼，這樣描述大家就很有感覺了，知道程度了。

透過五感的學習，大家簡單的理解就是講故事加上一些細節描述，在保證故事順序的前提下，為故事加上些色彩，

這樣就會讓觀眾感到生動、形象。這樣對於我們而言，講好一個故事就沒有那麼難了。

3.1.4　本節練習

請完成下列描述練習的任意一項。

(1) 請嘗試運用五感描述法，描述一次你很危險的經歷。
（可以是驚心動魄的一次個人經歷，也可以是令人驚心動魄的一部電影或者電視劇等。）

(2) 請嘗試運用五感描述法，描述一次你覺得很興奮或者很開心的事。

(3) 請嘗試運用五感描述法，描述一件令你印象深刻的事情。

如果情況允許的話，最好在練習以上題目的時候邀請你的家人或者朋友當作聽眾。講給他們聽，讓他們聽過之後談談自己的真實感受，能不能在腦海當中浮現出你所描繪的場景。

如果是自己來進行這項練習，請拿出錄音筆或者手機，錄製整個說話過程，然後當作聽眾一樣去聽，看看自己能不能在腦海中勾勒出這個場景。

3.2 即興演講中的結構順序邏輯，讓你的表達有標籤

如果說時間順序邏輯是即興演講中講故事的重要基礎，那結構順序邏輯就是讓我們的表達變得有層次感的方式之一。在正式分享結構順序邏輯的使用框架之前，我們先來了解一下，大家在學習即興演講的時候比較關心的話題：條理性與邏輯性。

我們在表達的時候都希望自己有條理、有邏輯，那麼什麼是條理性？什麼是邏輯性？條理性和邏輯性是一回事嗎？

3.2.1 條理性 VS 邏輯性

如果按照嚴格意義去區分，兩者肯定有不同之處，我們先來看看什麼是條理性。

簡單來說，把事情按照「條」來分就是有條理性。

有些夥伴在進行表達的時候沒有按照一定順序進行表達，不知道哪些先說、哪些後說。我們會覺得這樣的表達方式雜亂無章，聽得不夠清晰。這樣的表達就是缺少條理性。

什麼是邏輯性？

第三章 〈邏輯〉 5種即興演講中的重要邏輯，讓你的演講有根有據

　　邏輯也可以稱為邏輯思維，這樣一解釋，我們已經看到了條理和邏輯的區別。條理只是一種方式，邏輯則是思維層面的事情。邏輯思維是個比較深入的概念，我發現翻開任何一本有關於邏輯的書籍都會提到歸納和演繹。也就是說，邏輯本身至少包含歸納梳理和演繹推理兩個層面。雖然條理性和邏輯性本就有區別，但我更願意把條理性和邏輯性看作一種包含關係，因為這兩者在使用方法上是相互疊加使用的。

　　比如無論我們是在運用歸納還是演繹的時候，都喜歡列出「條」來梳理自己的思路或者講解給他人聽：第一點、第二點、第三點……

　　因為這兩者往往同時出現，所以我們又習慣性地將條理性和邏輯性放到一起來說。

　　所以，本章介紹的這幾種順序邏輯方式更多的是條理性與邏輯性的結合使用方法，重要的是能夠在演講當中幫助我們更好地分享內容。

　　結構順序邏輯與高頻使用的時間順序邏輯相比，更多地展現了表達的框架性。為整個演講穿上一件好看的外衣，讓觀眾對演講者所說的話更加有記憶點。

3.2.2　結構順序邏輯的基本特點 —— 並列

在簡單了解條理性和邏輯性之後，我們來看表達中比較常用的第二種邏輯順序方式 —— 結構順序邏輯，顧名思義，就是按照某種結構來進行表達。結構順序邏輯通常有並列和遞進兩種形式。

我們在表達自己的主題時，有時會運用到多個分論點來證明主題是對的。

要想減肥成功就要做到這兩點：管住嘴，邁開腿。

要想學好英語就要做到這三點：掌握必要的詞彙，有一個好的學習氛圍，勤加練習。

要想達成公司業績目標，必須同時做到這兩點：內部團結，外部拓展。如果沒辦法達成，業績目標也很難達成。

以上 3 個例子，每個分點之間是相互並列存在的，每個分點都要做到才能達到效果。

3.2.3　結構順序邏輯的基本特點 —— 遞進

在我們的演講分論點中有層層遞進關係，我們就叫做遞進。

之前某演說表達類節目有一篇演講，就運用了遞進邏輯。

第三章 〈邏輯〉 5種即興演講中的重要邏輯，讓你的演講有根有據

我曾拿過辯論的世界冠軍，也拿過全程最佳辯手，但在生活變場上有個人我從沒贏過，我的老婆，所以我本人發自內心地贊同一句話：「女人是最佳辯手。」

為什麼呢？我開始思索並找到原因：因為男人總講道理。有次我老婆想買一款包，而我當時上到民族情懷、消費理念，下到買這個包的性價比、收現比、收益比、風險比、收支情況對比，一一例舉。我都快被自己的沉穩和理性征服了。

但她只是懷疑我當初娶她時，說的那些「我愛你」都是騙人的，真的，當時她的眼淚已經快要飆出來了。

所以我只能當場宣布她是最佳辯手，並掏出信用卡為她「頒獎」，這是我總結的第一層原因。

我再往下深入思考一層，為什麼女人永遠是最佳辯手？因為她們根本不是辯手，她們是評審啊！我們是不是經常跟老婆吵到最後才發現，原來她們並非對方辯手而是能決定這場辯論勝敗的評審？但我對此又有個全新觀點，是的，我們輸了比賽，但也贏得了一顆可愛的少女心，而這一顆願意陪伴你到終老的真誠的少女心才是最寶貴的。所以在人生的辯場上，女人永遠是最佳辯手，男人總是輸，女人總是贏。

我總結一下這篇演講，一共就兩個觀點，並且是遞進關係：第一點，女人是最佳辯手；第二點，女人不僅是辯手

還是評審。這種在演講中層層遞進的分享，更能給我們衝擊力。

在演講時，只要我們需要分點來進行講解的，一般都屬於結構順序邏輯，形式無非就是並列和遞進這兩種。同時，條理性在結構順序邏輯當中展現得尤為突出，因為我們可以採用第一、第二、第三等數字的方式，數字和分論點之間往往是一同出現的。所以，在前文中提到，條理性和邏輯性往往是同時出現，一起使用的。

最後強調一點，使用結構順序邏輯的時候，每一個分論點不要太長，能短則短。比如：今天我要跟大家分享關於孝順的話題，第一點：孝；第二點：順。這兩個分論點分別只有一個字，這樣觀眾記憶起來會沒有壓力，因為太長了觀眾就不想記了，分論點要盡量短一些。

3.3 即興演講中的重要性順序邏輯，讓你的表達有重點

在學習即興演講的過程中，有一個經常發生的問題一直困擾著很多人，即表達沒重點。講了一大通，聽眾一臉茫然地看著你，不知道演講者到底要講什麼，甚至有的時候我們熱情澎湃地表達一件事情，別人卻聽出了另外的意思。

我們的表達出現了什麼問題會讓別人抓不到重點？怎樣表達才能夠讓觀眾快速抓住重點呢？下面我來帶大家走進「重點」的世界。

3.3.1 重要的事情是提前說還是最後說？

首先我們先來做一個小思考吧。這裡有兩個詞：經驗、經歷。

問大家一個問題，這兩個詞有沒有關聯？我想大家都能回答上來，這兩個詞當然有關聯。那先有誰後有誰呢？在生活當中，一定是我們先經歷了這件事情，然後總結出來關於這件事情的經驗。所以，我們在與他人溝通的時候，也是按照先講經歷再講經驗的方式來進行的。如果是這樣，我們很

有可能讓別人覺得說話沒重點。我們來舉個例子，跟大家分享一個我的經歷：

我曾是一名退伍軍人，當年臨近退伍的時候，我們幾個關係非常好的戰友坐在一起商量著退伍之後的事情。大家最後確定了一個不成文的約定：如果以後誰有能力了，一定要開一家咖啡館，這樣來自五湖四海的戰友都可以相聚在這個咖啡館裡，也算是有了一個「大本營」。隨後，沒幾天我們就退伍了，各自回到了家鄉。

當時我有 8 個月的待業時間。我的性格有一個特點──閒不住，所以我不經常在家裡待著，基本上每天都會出門蹓躂。

有一天我路過了一家咖啡店，看見門上寫著「應徵服務生」，我就想反正閒著也是閒著就進去應徵，沒想到一下子就成功了。第二天我就去上班了。兼職了幾天之後，我就想：不能只做個端盤子的服務生，我得學會做咖啡。所以我就跟店長說了想法，店長表示不同意，他認為兼職不能學做咖啡，不希望兼職服務生有一天不在咖啡店裡工作了，卻把做咖啡技術帶走了。但我這個人還有一個特點──想到什麼就一定會去做。既然店長不同意，那我就從咖啡師身上入手，總之，我一定要學會做咖啡。我那時候很勤快，不僅做好我自己的工作，而且我還幫著咖啡師清理咖啡機的殘渣，收拾清潔什麼的。幫助了他幾天之後，他問我：「你是不是想學做咖啡？」我說：

「是。」他說:「這樣,每天店長下班之後我教你。」從那天開始,每天下午 5 點店長下班了,我就開始學習做咖啡。我學習得也比較快,差不多兩個月的時間我就把當時店裡所有的咖啡製作方法都學會了。漸漸地,我發現了這樣一個現象:每當店裡不忙的時候,咖啡師和店長就在旁邊聊天,所有接待客人、點餐、收銀、做咖啡、服務客人的工作全部我一個人做,我倒是沒覺得吃虧,反而覺得非常開心,因為這是他們對我工作的認可。在咖啡店大約做了半年,我申請辭職。這時店長挽留我說:「你要不要考慮一下做長期兼職?就是你休息的時候再過來做?」我說:「不好意思店長,我的新工作還有很多地方需要適應。」於是委婉地拒絕了店長。

這段經歷講完了,我想問大家一個問題,你們覺得我想藉由這段經歷表達什麼意思?也就是說,我想讓你們透過這個故事知道一個什麼道理?或者說想讓大家獲得一個什麼資訊?

這個故事我在課堂上試驗過很多次,大概有這麼幾個回答。

(1) 凡事都要堅持;
(2) 遇到困難要靈活變通;
(3) 學會了做咖啡;
(4) 做咖啡的心路歷程;
(5) 我也不知道要講的是什麼;

先不說我真正想要傳達的意思是什麼，我們單來看這些答案，會發現一件有趣的事。大家看了同一個作者的同一本書並且是同一章節的同一個故事，但是不同的人看過後，獲得的訊息並不相同。明明是同一個故事，為什麼會不同？

那是因為這段經歷很長，有很多可以讓人思考的中心點，而且我並沒有明確指出我想讓大家知道哪一個中心點。所以大家就會根據自己的理解去分析。一旦聽眾根據自己的理解去總結、去分析，就有可能會衍生出很多個答案，而且這些答案很可能跟演講者所要表達的中心點完全不一樣。那麼我剛才表達了這麼多就一點作用也沒有，因為沒有讓觀眾跟我想的一樣，觀眾沒有認同我，我們之間沒有產生共鳴。甚至有些觀眾不知道我到底講這個故事的目的。這樣的表達是不是似曾相識？我們在分享的時候，經常會遇到類似的情況，可能我們分享了一個情節精彩的故事，但是觀眾聽不出我們到底要表達什麼或者聽出了跟我們想表達的完全不同的含義。如果是這樣，那這樣的演講就是缺乏重點，沒有突出重點，換句殘忍的話說，這樣的演講是失敗的。

那上面一大段故事，身為表達者的我，到底想告訴大家什麼呢？現在為大家揭祕，我想在這個故事中表達的中心思想是：我是一個信守承諾的人。

這個「經歷——經驗」的小思考，我在面授課程中屢試不爽。每次我為大家揭祕的時候，大家都非常驚訝，有很多

人沒聽出來，也有很多人表示沒想到，甚至有一些人表示不可能。

這樣看來，先講經歷再講經驗的表達方式容易產生誤解，得不到演講者想要的答案，那怎樣的表達比較好呢？能夠達到目的呢？

可以先講經驗再講經歷，也就是先交代你的觀點，再進行論證。這種方式是在芭芭拉‧明託（Barbara Minto）的《金字塔原理》（*The pyramid principle*）這本書裡被稱作「金字塔」的表達方式，在溝通當中我們叫做「利他原則」，將對方最關心的事情提前告訴他。我們也稱作重要性順序邏輯，簡單來講就是重要的事情要提前說。

如果按照重要性順序邏輯來變換一下思路，我會一開始就告訴大家「我是一個信守承諾的人」這個結論，然後再加上剛才的故事。這個時候效果就會完全不一樣，聽眾就會自動篩選與「信守承諾」有關的訊息。這樣觀眾就會認為後來我學習做咖啡的經歷都是為了履行「不成文約定」的具體實踐行動，也會認同我，認為我確實是個「信守承諾的人」。

在生活中，這樣的例子很常見，比如，我們有時候工作、生活不順心，會向別人傾訴、抱怨最近所發生的事情，其實我們內心是想獲得對方的同情或者關懷。但有的時候被傾訴者卻無法理解我們，而且在聽完我們的傾訴後還會有截然不同的想法。如果發生這樣的情況，我們不能去怪罪聽

眾，因為每個人會根據自己的思考和理解總結出想法，並且這個想法往往並不是表達者想要的。所以，當我們表達的時候，請直接將想法提到前面來說，然後再用經歷、故事等方法證明我們的想法和觀點。

說到這裡，有人會有疑問，那在最後說不可以嗎？如果有這樣的疑問，你一定是一個愛思考的人。我們看到的 TED 演講中，就經常有人先講一大段故事再講結論。

針對這個問題，如果我們是寫文章，先有故事再有結論，這樣也是可以的。因為人們在閱讀的時候，如果這一段看不懂，會嘗試著再讀一遍，那麼讀第二遍、第三遍甚至是第四遍之後，他們說不定就會理解。

但是，演講是不同於閱讀的。人在聽到和讀到腦海中所接收的消息的方式是不一樣的，文章可以反覆讀、反覆思考，但是演講不一樣，我們要透過語言傳播，要很快速地讓聽眾覺得我們說的是對的，這時聽眾思考的時間是很少的。如果聽眾沒聽出重點或者不知道哪一個是重點，就很難接收到消息。所以，要從一開始就把最重要的中心思想告訴聽眾，讓聽眾第一時間接收到有效的消息，引導著聽眾的思路，一步步推進，這是演講當中突出主題的重要手法。我也建議大家採取先結論後論證的方式來進行演講。

難道先講一段經歷或故事一定不能用嗎？當然也不是絕對的，剛才提到 TED 演講經常採用先講故事的方法，並且細

心的同學可能會對開場的部分產生疑問，引出主題不就包括講故事的方法嗎？根據重要性順序邏輯，在引出主題的時候先講故事的方法是不是錯了？講故事豈不是又放在前面了？

如果大家一定要在剛開始就用一個故事作為引入，當然可以。但有一個要求：「故事要盡量簡潔，並且重要的是只能讓觀眾聽出一個重點，而不是多個重點。」也就是說，在引出主題階段，要講故事是有條件的──短並且只能讓觀眾聽出一個中心思想，就是你的主題。

如果我們是剛剛接觸演講不久的演講新手，還不知道如何講一個相對長的故事並且做到只能讓觀眾聽出一個中心思想，建議在引題方法上暫時不要選擇講故事，可以選其他方式，在「開場篇」為大家介紹了 6 種引題方法，除了講故事還有 5 種，總有一種適合大家。引題過後建議直接採用重要性順序邏輯將主題丟擲出來，直接告訴觀眾，這種方式更能夠造成突出重點的好效果。

有重點的演講往往更容易被別人記住，因為演講全程都在圍繞重點展開。那麼根據重點確立怎樣的主題更能吸引觀眾呢？首先我們要釐清概念，很多人分不清楚話題、主題、標題，如果演講者都分不清楚又怎能要求觀眾聽得清晰，記得清楚呢？

3.3.2　話題、主題、標題傻傻分不清楚

既然重要的事情要讓觀眾先知道，要提前說，那在演講當中最重要的無非就是演講主題。

有些人經常將話題當作主題，雖然使用了重要性順序邏輯，但沒有造成讓觀眾明白主題的作用。

話題、主題、標題到底是什麼？又有什麼區別？我們在即興演講中要使用哪一種比較好呢？

1. 話題是一種範圍

比如：今天我跟大家分享一下「讀書」；今天我跟大家分享一下「旅行」；今天我跟大家分享一下「人生」。這些都屬於話題。因為不論是讀書、旅行還是人生，我們都可以從多個角度進行講解，但觀眾不能在第一時間就知道演講者想要表達的觀點是什麼。

2. 主題是演講者個人的明確觀點

比如：我認為讀書可以改變人生；我跟大家分享一下減肥的 2 大祕訣 —— 管住嘴、邁開腿；我覺得人生就是一場馬拉松，堅持最重要；我覺得旅行不僅僅是腿在路上，而更應該是心在路上。

這種就是具有明顯的個人觀點,讓觀眾一聽就知道演講者要講的是什麼。

3. 標題是美化了的主題

比如:演講者分享讀書──因為書,所以贏;分享旅行──世界那麼大,我想去看看;分享人生──別讓手機做了你人生的第三者。

標題的特點是既包含主題的觀點性,同時又很有意境,讓人覺得很出彩。

建議大家在演講的時候,如果有充足的時間準備,想出標題是最好的。但往往有些時候我們會遇到即興演講,來不及準備,或者即使時間充裕也想不出好的標題,那就直接使用主題。但不建議使用話題的句子,因為觀眾還要去尋找我們到底要表達這一話題中的哪一個觀點。就像我們上一節講到的,如果讓觀眾尋找,那結果可能就跟我們想的不一樣了。

所以,最好用標題和主題作為我們最核心的演講中心思想。

到目前為止,我們學習了 3 種順序邏輯,清晰了講故事、演講結構以及演講最重要的事情。接下來,我們需要將學到的知識進行組合,形成一個能夠在大部分場合使用的表達框架。

3.3.3　一個百搭框架，幫你解決 80%的演講場合

本章前三節我與大家分享了即興演講中經常使用到的時間順序邏輯、結構順序邏輯、重要性順序邏輯。我們運用這三種順序邏輯構成一個百搭演講框架，更方便演講者在大部分場合進行即興或非即興的演講。為了幫助大家去記憶，我將它們歸納總結形成了一個公式：

一心、二用、三收。

以下我們以 5 分鐘即興演講為例來進行講解。

1. 一心：一個中心思想 —— 重要性邏輯

要求一句話概括中心思想，句子不宜過長，太長的主題句，觀眾沒辦法記住。

2. 二用：兩個方法

(1) 講故事（時間邏輯）

　　A. 數量：小於等於 3、神奇的數字 3；
　　B. 強調正能量以及簡潔；
　　C. 生活化，更真實。

(2)分條表達（結構邏輯）

　　A. 關鍵詞：短；

　　B. 數量：小於等於 3；

　　C. 每一條帶故事。

3. 三收：結尾的三種收尾方式

　　有句俗話說得好：「編筐編簍貴在收口。」在演講當中雖然結尾不是主要的內容，但是如果開了一個好頭，並且內容很豐富，卻匆匆收尾，難免會有一點可惜。這個時候結尾盡量不要僅僅只扣主題。比如我的主題是「努力就能成功」，大家完成演講主要內容之後，經常會採用「所以，努力就能成功」這種方式來結尾。這樣的結尾只能說是勉強可以，僅僅只是扣題了。但是觀眾會有一種沒聽完的感覺。所以在結尾處不僅僅要扣題，還要給觀眾提示，提示演講已經進入尾聲了。我們還可以將結尾昇華，讓結尾帶給觀眾一種美好期望。比如我們可以用這樣的方法。

(1)希望

　　「最後我希望在座的每一位都可以收穫美好的人生……」

(2)祝福

　　「最後我祝福在座的每一位……」

(3)提問

「最後,我想留給大家一個問題,請問我們自己究竟想要什麼樣的人生?是後悔的人生還是永不後悔的一生呢?」

如果我們在結尾處給觀眾一種期望、為觀眾設問題,就會再次調動觀眾。這就像我們看電影一樣,電影的最後若想讓觀眾記憶更深刻,要麼為觀眾帶來好的結果,要麼就是根本不給觀眾結果讓觀眾自己去遐想。這個道理對演講也是相通的。

透過本節的學習我們組合了三種順序邏輯,形成了一個百搭的演講框架。當然,演講框架肯定不止一個,在下面兩個小節,我還會為大家介紹兩種除「一心、二用、三收」之外的常用模型。

3.4 演講中的歸納思維，讓你講清楚說明白

上面我們學習了時間順序邏輯、結構順序邏輯、重要性順序邏輯以及演講當中的百搭公式：一心、二用、三收。這兩節跟大家分享一些「真邏輯」。難道之前學的都是假邏輯？當然不是。邏輯的類型分為很多種，之前學習的順序邏輯主要是使用技巧，而歸納和演繹是思維方式，從本質上來說確實有一些區別。但對於演講來說，大家記住有用的思維方式和使用技巧就可以了。如果想深入了解思維，建議大家讀《你對我講道理，我對你講邏輯》這本書，在本書裡我更注重思維、邏輯在演講當中的應用。

3.4.1 找不到核心主題？
利用歸納思維擊中演講主題

在重要性順序邏輯這一篇，提到重要的事情提前說，要將主題句放到前面先告訴觀眾，達到「先入為主」的作用。但有些人會有這樣的疑問，在準備演講的時候，自己的故事案例素材是充足的，但是不知道自己想表達一個怎樣的主題，

只能先把故事案例丟擲去讓觀眾去尋找。

自己不知道要表達怎樣的主題，而讓觀眾去自己「尋找」，這在演講當中是一件很可怕的事情。在《魔力公眾演講》這本書中提道：「演講中的每一個觀點都要花 10 分鐘左右的時間來闡述。要記住，如果演講傳遞的訊息太多，那麼聽眾反而什麼都記不住。」所以，演講一定要有具體的目的性，可以說沒有目的的演講都是在浪費大家的時間，是一場不合格的演講。

強調重要的一點，演講必有目的。如果在準備階段有素材但是缺少主題思路怎麼辦？可以利用歸納思維從內容當中歸納出主題。

歸納思維為由一系列具體的事實概括出一般原理的過程。利用歸納思維確立主題的步驟有以下幾點。

1. 準備好素材

將故事和案例事先準備好，然後統一看一遍。

2. 分析出經驗句

在前面我們提到了，透過一個長故事可能會有很多個經驗句子出現。那我們可以邊看素材，邊將自己理解的經驗句記錄在紙上。

3. 在經驗句中篩選主題句

在紀錄眾多的經驗句當中尋找出現頻率最高的經驗句作

為整篇演講的主題句，或者選一句最想跟觀眾分享的作為主題句。

確立好主題句之後就可以按照重要性順序邏輯的方式來進行演講分享了。所以，當我們沒有主題思路的時候，不妨運用歸納邏輯，將現有素材整合分析，得出一個最想表達的主題。

歸納思維除了可以總結出主題之外，大家還可以利用歸納思維引導觀眾一起走進演講，讓觀眾自行推理出演講者想要傳達的結論。

3.4.2 利用歸納論證思維，引導觀眾一起進行簡單推理

歸納論證在生活當中非常常見，可以說是無處不在。以我為例，我是遼寧大連人，所以很多朋友就會自動把我歸類到東北人的大行列。

有時候南方的朋友們得知我是大連人之後，會自然地說：怪不得這麼高啊！東北人都高啊！東北人都很有趣呀！⋯⋯

這些結論都是怎麼來的呢？實際上就是運用了我們的歸納論證思維。因為我們看到了：

一個東北人高；兩個東北人高；三個東北人高⋯⋯就會

自動總結出來一個結論：哇，東北人都高啊！

一個東北人有趣；兩個東北人有趣；三個東北人有趣……總結出東北人都很有趣呀！

這就是我們的歸納論證思維，我們透過一個現象、兩個現象、三個現象，會自動總結出一個結論。

在演講當中也是如此，如果是 8～10 分鐘的演講，演講者需要用 2～3 個故事來證明自己的演講主題是對的，讓觀眾自動運用自己的歸納論證思維得出跟演講者相符合的結論。

比如今天分享的主題是：努力就能成功。

但在現實生活中，努力一定能成功嗎？不一定。

所以，我們要用 2～3 個努力就能成功的小故事來證明這個主題說的是對的。

第一個故事：馬雲是如何透過努力獲得成功的例子。第二個故事：郭台銘是如何透過努力獲得成功的例子。

第三個故事：自己是如何透過努力獲得學英語成功的例子。

觀眾在聽完這三個故事之後，就會自動總結出來一個結論，原來努力可以成功。

演講者在演講的過程中是一步步引導觀眾得出一個跟自己一樣的結論，讓觀眾更加認可演講者表達的內容。引導觀

眾自行總結出一個結論，遠遠比演講者強行灌輸給觀眾更加能獲得觀眾的認可。

同時，我們還可以用歸納邏輯的思維模型來解釋清楚深入淺出的問題。

3.4.3　2W1H 歸納模型，讓你將複雜的表達簡單化

小林是平安某地分公司的銷售總監，他想更好地跟客戶宣傳公司最新推出的「網際網路保險」業務，但跟客戶講了很多次，客戶還是聽不懂到底是什麼意思。

小林：「您好，王總，我們新上線了一款線上購買保險的業務，您是我們的老客戶就直接推薦給您，非常方便，線上就可以操作……」

客戶：「你來幫我辦理就好了，我不會操作。」

這次的新軟體推廣就失敗了。

這種情況在工作中很常見。如何能夠把一個新產品推廣出去，講解表達的方式很重要。

我們在表達的過程中，都非常希望自己有把一件複雜的事情簡單化的能力，畢竟「化繁為簡」也是表達中很重要的一點。特別是當我們有一個行業內部的專業術語或者用詞，需

要解釋給外行人聽時,專業人士的解釋通常會讓外行人聽得雲裡霧裡。主要原因是不知道外行人所關心的是什麼,我們通常自顧自地說自己的部分。專業人士要從外行人的角度出發來解釋一個行業內部比較專業的詞語或者是產品,這就需要用到歸納模型當中的一個公式──2W1H。

What:是什麼。

Why:為什麼。

How:怎麼做。

需要強調一下,What 和 Why 的順序是可以根據具體情況進行調換的。

我們運用 2W1H 的方式來對小林的新產品進行講解。

(1) What:網際網路保險是什麼?

「您好,王總,我們公司推出了網際網路保險業務。這款網際網路保險產品是我們公司新上線的一款 App 軟體。」

(2) Why:為什麼要用這個軟體?

「這款軟體極大程度地幫助客戶解決時間的問題,很多情況下客戶需要到我們公司來了解保險產品以及簽署合約,有了這個 App,就完全不存在這個問題,在手機上就可以直接了解和操作。」

(3) How：怎樣下載？

「只需要在手機商城中輸入『網際網路保險』這幾個字就可以搜索到，直接點選下載。首次登入會有 1,000 元的平臺獎金。」

運用 2W1H 的方法來解釋這款新產品會讓客戶一下子就明白這個產品的意義和作用了。

所以，當我們要去解釋一個自己很熟悉但是別人不熟悉的詞彙、產品時，需要使用 2W1H 的方法。

在我們了解歸納邏輯的概念、運用、模型之後，就開始演繹邏輯的學習。有很多人對演繹邏輯很困惑，覺得實在是太難理解了，但其實演繹邏輯無處不在，只是我們之前太拘泥於演繹邏輯的概念和完整形式。很多時候，演繹邏輯是以省略的形式存在的，並且充斥我們的生活。如果我們不明白演繹邏輯，也許被別人戲弄了都沒有反應過來。

3.5 演講中的演繹思維，讓你的表達更有說服力

3.5.1 演繹思維是什麼？

演繹思維的定義正好和歸納思維相反，演繹思維是指從普遍性的理論知識出發，對個別、特殊的現象的一種論證推理方法。

演繹思維（演繹論證）的模型是三段論：大前提，小前提，結論。經典的三段論案例是：

大前提：所有人都會死；小前提：蘇格拉底是人；結論：蘇格拉底會死。

我們透過這個案例再回看過去的概念，這是從普遍性的理論知識出發，來推論個別、特殊的現象的一種論證推理方法。

注意三段論的基本特性：大前提、小前提都是已知的，結論是演繹出的一個新判斷。為了確保結論的正確性，推理的規則要保證正確。簡單說，大前提、小前提都是對的，結論才是對的，如果大前提、小前提中任何一個是錯誤的，結論都不成立。

比如剛才關於蘇格拉底的經典三段論中，若變成：

大前提：所有的猴子都會死；

小前提：蘇格拉底是人；

結論：蘇格拉底會死。

大前提是猴子，跟人沒有關係，所以後面的小前提和結論即便對了也沒辦法成立。

大前提：所有人都會死；

小前提：蘇格拉底是凳子；

結論：蘇格拉底會死。

大前提和結論對了，但是蘇格拉底不是人是凳子，最終結論也沒辦法成立。

所以，演繹論證必須是大前提和小前提都對，才能推理出一個對的新結論。

有些愛思考的人會發現一個問題，在運用演繹論證的過程中，有時候會遇到前提對，規則對，但是結論怎麼看都不對的情況。在《你對我講道理，我對你講邏輯》這本書裡就有這樣一個短小精悍的案例，我們一起來分析一下。

我坐在桌子上，桌子是名詞，所以我坐在名詞上。我們從推理的結構看，這沒問題，是一個基本的三段論格式。可問題出在哪呢？

這兩個前提分開看都是對的，推理規則也沒錯，但結論是怎麼一回事呢？我坐在桌子上，這個桌子是個實物。而第二個前提，桌子是名詞，單看沒問題，但在推理中我們要探究一下，這裡的桌子是什麼意思。

這裡的桌子不是實物，而是一個名稱，問題就在這裡，雖然這兩處我們都使用了桌子這個詞，但對應的含義其實不是一回事，所以結論很奇怪。改一下，我坐在桌子上，「桌子」是名詞，這個桌子就要加上引號了，即我坐在一個名為「桌子」的物體上。注意，不是桌子的名字叫「名詞」，而是一個叫「桌子」的物體。

透過這個案例，我們可以很容易地看出前提對、規則對，含義不對，也沒有辦法得出正確的結論。

演繹思維就是一種推理思維的合理性，有很多人會認為演繹思維只能夠在一些特殊的場合使用，比如破案、做數學題和理論推演等，但實際上演繹思維在生活中無處不在，只是我們省略了它的形式。

3.5.2 生活中的演繹論證

有些人會覺得演繹論證在生活當中的應用並不廣泛，實際上，不論是歸納思維還是演繹思維在生活當中的運用都十

分普遍，只是演繹論證常常以省略的形式出現。我們生活當中所有的俗語都是演繹思維（演繹論證）。

比如：好男不跟女鬥。我們看省略了什麼？省略了小前提和結論，直接出大前提了。我們把這句話梳理一下：

大前提：好男不跟女鬥；

小前提：我是好男；

結論：不跟你（女）鬥。

再比如：好馬不吃回頭草，省略了小前提和結論。

大前提：好馬不吃回頭草；

小前提：我是好馬；

結論：我不吃回頭草。

這樣解釋，大家會發現生活當中有很多演繹推理，那我們自己可不可以來嘗試建構一下三段論？

大前提：只要在某商城平臺辦 Plus 會員就送某影音串流平臺 1 年的會員權益；

小前提：我是某商城平臺 Plus 會員；

結論：某商城平臺也送我某串流影音平臺 1 年的會員權益。

我們也可以思考日常的話語中，哪些是運用了演繹思維，嘗試補充出這些話語的三段論。

現在我們可以判斷生活中的演繹思維，同時，演繹思維中延伸出的一種演繹模型可以很好地幫助我們進行工作彙報，讓我們的工作彙報脫穎而出。

3.5.3　用好 PRM 演繹模型，讓你的工作彙報脫穎而出

前面我們分享了演繹論證的原則和生活運用，那演繹論證有在工作場合使用的時候嗎？當然有，那就是工作彙報。

身為職場人士，我們接觸最多的演講就是工作彙報，以前可能只需要交一份 PPT 或者 Word 文件就可以，現在幾乎 90％ 的公司都需要員工來到臺前，當著眾人的面進行工作彙報。有些公司將每個人的工作彙報時間控制在 10 分鐘以內，有些公司則需要員工做 20 分鐘以上的述職彙報，不論彙報的時間是多長，每年的工作彙報季都是令大家比較頭疼的。如何能夠將自己的工作彙報內容設定得更好一些？

分享一個演繹論證中延伸出的 PRM 技巧，它很適合在工作彙報中使用，會讓工作彙報聽起來有理有據，甚至脫穎而出。

P（Phenomenon）：現象 —— 一種能夠觀察到的現象，並且其中存在影響發展的某個問題；

R（Reason）：原因──現象當中產生的原因是什麼；

M（Measure）：解決方案──解決問題的方案是什麼。

在《培訓師 21 項技能修煉》中提到 PRM 的具體應用方法。細心的朋友已經觀察到了，這也是培訓師在上課的時候採用最多的方式之一。比如，我經常在講解緊張的時候用 PRM 的方式來引導學員：

P：各位夥伴們在演講的時候會不會有手抖、腿抖、腳抖或者心跳加速、大腦一片空白的緊張情況？

R：我看到大家都頻頻點頭。絕大部分夥伴來學習演講都是為了緩解緊張，改善剛才的情況。為什麼我們會緊張？緊張是我們常人的情緒，有生理原因和心理原因……

M：那怎樣做才能夠緩解緊張呢？我教給大家 3 個方法……我們發現很多情況下寫作也運用這個方法。

我們盤點一年的工作，大部分情況下每個職場人都在幫助公司處理問題，既然有問題就有相應的現象表現，也會有相應的解決方案，所以就可以使用 PRM 的方式來進行彙報。以下是以往授課中來自 3 個行業的夥伴，根據自己行業和公司運用 PRM 進行簡短分享的案例。

1. 金融行業

P：近幾年，來銀行辦理普通業務的人越來越不耐煩，覺得辦理一個小業務就要排上很長的隊伍，對銀行服務的

評價越來越不好。

R：這個問題的主要原因是隨著網際網路以及電子產品的快速發展，手機已經成為人們的必需品，絕大部分的操作都在手機上完成，人們也希望能夠在手機上操作簡單的銀行業務辦理。

M：於是我們立即開始了以方便使用者操作、提升銀行形象的「手機銀行」會議，透過董事會決定、技術部門操作、業務部門協同的三管齊下，最終在兩個月內完成「手機銀行」業務的快速搭建，最終解決了客戶的問題。

2. 大健康行業 —— 銷售

P：近幾年，灰指甲困擾越來越多人，有很多人得了灰指甲不知道怎樣才能治好，任由自己的灰指甲慢慢感染。

R：造成灰指甲的主要原因是真菌感染，要想消除灰指甲需要從真菌入手。

M：如何消除真菌，還我們一個健康的指甲？今天我為大家介紹一款產品……

3. 青少年培訓行業

P：隨著社會的發展，越來越多的家長注重對孩子的教育投資，不論是從學業還是興趣、愛好、語言方面。但近幾年，有大量家長表示，課外學習效果甚微，不知道什麼

樣的培訓才有效果。

R：這個現象的主要原因是各色各樣的補習班層出不窮，家長不知道孩子應該學什麼，也不清楚學哪些效果比較好。

M：針對這個問題，我們給各位家長三方面的建議⋯⋯

透過以上 3 個行業的例子，可以看出 PRM 的方法是在職場中一種很好用的表達方式，現在我們可以嘗試結合自己的行業特性、公司特徵以及自己的實際工作，運用 PRM 模型開始一次高品質的工作彙報吧！

「邏輯篇」的所有內容，著重在於我們對演講內容的打造，相信大家透過學習，已經對演講的模型和邏輯有了更深入的理解。很多人認為在這個文字為王的時代，只要有好的內容就可以取勝，但這更多的是指寫作。而演講相比寫作還有一個很大的區別，就是寫作不需要看作者的全面貌，只看作者的文字，而演講是要看演講者整體的狀態以及用耳朵聽演講者的內容、聲音。所以演講中的個人氣場也不容忽視。下一章「氣場篇」讓我們一起開始打造自己的氣場。

任選一題，進行一次即興演講

按照本章講解的演講方法，自選題目，進行一次 5 分鐘的即興演講。

1. 人生在於承受。

2. 做彼此的燈塔。

3. 我的世界誰作主？

4. 對我最重要的一個人。

5. 我想和世界談談。

6. 題目自擬。

第三章 〈邏輯〉 5種即興演講中的重要邏輯,讓你的演講有根有據

如何讓表達更有邏輯?

大部分人學習即興演講時都希望自己的表達更有邏輯,那麼如何讓我們的表達更有邏輯?要做到以下三點。

1. 表達有重點是前提

很多人說話沒有邏輯,是因為自己也不清楚要表達怎樣的中心思想。我們要確保重要性順序邏輯的有效使用,說話要有重點。

在發表自己的言論之前,要確定自己表達的目的是什麼,圍繞目的來進行說明講解,就會使人感覺你的表達清晰、有重點。

2. 表達有框架是關鍵

在表達相對複雜的時候,需要快速搭建語言框架。運用具有分點特質的結構順序邏輯來進行梳理。

比如,我覺得這部電視劇之所以吸引人主要在於三點。

(1)演員陣容宏大,都是老戲骨;

(2)題材符合大眾喜愛;

(3)情節緊湊不拖拉。

這三點並列存在,證明了我喜愛這部電視劇的主要原因。

3. 表達有內容是方法

有了重點和框架之後,要用案例故事證明你的觀點站得住腳,就需要使用時間順序邏輯來進行內容講解。講解的過程中運用好五感的方式,讓對方自行腦補畫面。

第三章 〈邏輯〉 5種即興演講中的重要邏輯,讓你的演講有根有據

第四章　〈氣場〉
好聲音塑造好印象，
好形象帶來強氣場

第四章 〈氣場〉 好聲音塑造好印象,好形象帶來強氣場

　　我們會發現一個好的演講者,必然會有強氣場,這種氣場往往還帶有屬於演講者個人的獨特性。很多初登舞臺的演講者都希望自己能夠擁有掌控舞臺的氣場。想像自己一站在舞臺上透過衣著和站姿就有能夠把控全場的張力,或者一張嘴就有吸引人的聲音,我們把這些統稱為舞臺第一印象。身為初登舞臺的演講者,我們首先要從基本的聲音和舞臺形象、手勢入手,讓我們的第一印象能夠深入人心。

4.1 你的聲音可以價值連城

聲音是我們在演講表達的過程中一個重要的載體，如果你的聲音好聽，一定會為整個演講加分，當然如果我們的聲音沒有那麼出色，也不要擔心，演講跟播報最大的不同就是，播報只能透過聲音來考查播報員，所以對聲音的要求會更高。而演講看的是整體，不是由某一個方面決定的。所以當我們有了在舞臺上的自信，說話有邏輯、內容詳實，再把手勢動作加上，基本上整個演講的效果就可以達到 80 分以上了。剩下的 20 分，就是關於聲音的部分。

在演講當中，大家對於聲音的問題除了「美妙」，還更可能存在下面的普遍情況：

「說話聲音小，觀眾聽不清。」

「自己算是自信，內容也不錯，但是說話語速很快，沒有停頓，往往自己講得辛苦，觀眾聽起來也累。」

「10 分鐘的演講下來口乾舌燥，長時間說話感覺嗓子都要啞了。」

如果一個聲音特別小、語速極快和口乾舌燥的演講者，觀眾一定不喜歡，這就對演講者在聲音方面提出了最基本的 3 個要求：聲音洪亮、語速適當以及氣息足夠。

4.2 聲音的基礎 —— 響亮、停頓、上行語勢

1. 響亮

有的時候，演講者說話聲音過小，觀眾聽不清演講者在講什麼，那麼無論多麼精彩的演講，都無法讓人為我們喝采。

所以，在演講表達的過程當中，最重要的一點，要記住，我們的聲音要響亮！

我們演講時在沒有麥克風的情況下，聽眾在接收訊息的時候比較辛苦，因為聽不到。即使在比較大的場合當中有麥克風來輔助，我們也要養成聲音洪亮的習慣。聲音太小，會讓觀眾覺得你缺乏熱情，也會讓自己的演講顯得沒有力量。

其實，我們每個人都可以大聲說話的，為什麼很多演講者聲音不能響亮，不能大聲說話呢？

聲音小的原因主要有以下三點。

(1) 對自己講的內容不自信

這一點可能跟緊張有關係，也可能跟沒有準備好有關係。所以，做好充足的準備可以讓你心裡有底氣，心裡有力量，這樣有底氣的演講者，聲音更有力量。

(2) 缺少情緒

回想一下憤怒的時候,我們會不會大聲說話?憤怒的時候大家可能都會爆發出令自己都意外的響亮聲音。如果我們不能將演講當中的詞句賦予它應有的情緒,聲音就會變得很小。

(3) 氣息不夠

在演講的過程當中,盡可能大聲地說話,但是確實有一些人沒辦法大聲說話,或者說幾句嗓子就會乾。這主要原因是氣息不夠足。

下一節我們會單獨講解有關於氣息的問題。

2. 停頓

我們說話都是有停頓的,幾乎沒有人能一口氣把所有的內容都說完。

但是上了舞臺,可能因為緊張,說話速度會變得很快,這時得要求自己說話有停頓。一旦說話有停頓就會產生以下四點好處。

(1) 緩解緊張、減緩語速

第一章內容就提到,緊張的人容易說話語速快,因為想

趕緊說完就下場。這種因為緊張造成的語速快，一旦在舞臺上忘詞了，就很難進行下去。說話停頓就會很好地幫助演講者，停頓使大腦有了更多的思考時間，也給了自己更多的時間組織語言。

(2) 控場

除了一些控場技巧之外（會在下一章講到），停頓也是一種技巧，因為演講者在臺上是帶著觀眾一起走進這個演講的，換句話說，就是帶節奏的。利用適當的停頓讓觀眾感受到演講中的節奏，會讓演講更好地進行。

(3) 獲得觀眾的掌聲

當演講者講得很好的時候，觀眾會情不自禁地鼓掌。但如果演講者沒有停頓，觀眾的掌聲就沒辦法持續下去，所以需要停頓來讓觀眾的情緒用掌聲得到抒發。

(4) 觀察觀眾的反應

演講者為了及時得到觀眾的回饋，要運用停頓的瞬間，觀察臺下觀眾的反應，是贊同還是疑惑？根據觀眾的反應來思考演講內容是否需要即時做出調整。

既然停頓有這麼多的好處，平時演講者應該怎樣練習停頓？在這裡有三種練習停頓的方式。

(1) 傾入情感需停頓

練習演講時傾入感情，停頓自然而然就會出現了。因為在運用情感的時候我們需要氣息轉換，轉換需要時間，所以一定是需要停頓的。

(2) 重點強調需停頓

練習演講時，演講者要注意重點的停頓練習。在演講中，在強調的某個詞、某個句子前停頓，讓觀眾意識到這個地方很重要。當然，配合一些重音，強調效果更明顯。

(3) 轉折部分需停頓

練習演講時注意轉折停頓的練習。演講到了轉折處需停頓，這個時候停頓是觀眾思考的時間，讓觀眾充分意識到，演講內容情節的轉變。

3. 上行語勢

我們身為演講者，都希望在舞臺上能夠獲得觀眾的掌聲，也希望帶給觀眾愉悅的心情。那演講者需要掌握上行語勢來輔助自己的演講。

上行語勢是一種語調的變換，主要特點：前低，後高，

第四章 〈氣場〉 好聲音塑造好印象，好形象帶來強氣場

尾音上揚。人從小就對語調的變化有感知。

比如，孩子在襁褓的時候，是完全聽不懂大人說話的。如果孩子哭了，我們想讓他不要哭，就嚴厲地批評道：「你哭什麼哭！」這個時候孩子可能哭得更厲害。

如果我們哄著孩子說：「乖哦，不要哭了哦，我在這裡呢！」孩子有可能就會好一些，因為「乖哦，不要哭了哦」這個聲音都是上揚的，所以孩子在聽不懂語言的情況下，他依然可以辨識出別人的語音語調，是不是對他有親和力？是不是友好的？對於演講而言也是同理的。上行語勢是唯一可以帶來愉悅感情的語勢。

我們可以將這種愉悅的語勢應用在演講中，傳遞給觀眾一種愉悅的感覺。

同時用上行語勢，還可以幫助演講者獲得掌聲。

比如，透過前面章節的講解知道上舞臺的第一句話是問好，尊敬的各位主管，親愛的各位同事，大家晚安。問好之後應不應該有掌聲？應該有。

但如果語調太低，觀眾就沒有給掌聲的意識。所以尾音上揚最好能夠加一些氣息，這樣的語調能夠帶給觀眾愉悅的感覺，也就自然而然地給予掌聲。

響亮的聲音可以讓觀眾聽得到，適當的停頓可以引發觀眾的思考以及促進演講者自己的思考，上行語勢可以帶給觀

眾愉悅的感覺，那麼我們的聲音狀態就可以搞定一場 10 分鐘以內的演講了。但如果演講時間過長，就會有很多人感覺嗓子十分不舒服，如何緩解這個情況？需要足夠的氣息來輔助演講。

第四章 〈氣場〉 好聲音塑造好印象，好形象帶來強氣場

4.3 氣息是你聲音的力量

　　很多人在說話時都會遇到長時間說話嗓子發乾的情況，但講師們每天經常要講 6～9 個小時，也沒有喉嚨發乾的情況；晚會的主持人主持完整場晚會，嗓音還是非常動聽。

　　造成說話嗓子發乾的主要原因是發聲的位置不同。

　　普通人發聲用的是嗓子，這並不是說播報員、主持人發聲就不用嗓子，而是說專業人士的發聲中還會運用氣息。

　　氣息可以說是聲音的力量，如果能夠運用好氣息的力量，不僅能夠使聲音洪亮，並且還能夠讓我們在說話時輕鬆很多。

　　練習氣息的方式有很多，在這裡為大家分享一招馬上就能掌握的練習氣息的方法。

　　在正式介紹這一招之前，先來體會一下氣息的位置，氣息在哪裡。武俠小說裡，有這樣一句話，叫氣運丹田。換句話說，氣要沉下去，沉下去的那個位置就是產生氣息的位置——腹部。

　　大家一起來體會一下，找一找位置。把雙手放到肚臍的位置，然後呼吸。呼吸有一定的要求：吐氣的時候，慢慢地把氣吐出來，不要一下子吐出來。好似在我們的前面有一張

紙，想把它慢慢地吹起來。吸氣的時候不要吸得太滿，整個呼吸的頻率就像是做瑜伽。按照這個呼吸頻率，呼和吸各一次，一共做 5 次呼吸。

吸氣的時候肚子應該是鼓的，因為人是一個腔體，也就是空的，有氣體吸進來的時候，肚子就應該變鼓。

為什麼有人的肚子是癟的呢？這也就是很多人用不上氣息的原因，肚子癟是因為氣沒有沉下去，到胸腔位置就停止了。一般情況下，氣到胸腔就停止是因為肩膀動了，如果大家想在站著的時候更好地體會讓氣息下去，就找一位朋友幫助按住肩膀，然後再來體會呼吸這個動作。如果只有自己的話，就肩膀下沉，再來感受一下。

找到了氣息產生的位置，知道了為什麼氣息沒有沉下去後，大家一起做一個互動，繼續把雙手放在腹部的位置，現在我們要說一句話：「尊敬的各位主管，親愛的各位同事，大家晚安。」這句話說 5 遍。要求運用悄悄話的方式，不能用嗓子，完全用悄悄話來進行。

大家會發現在用悄悄話的時候，腹部在動，長時間說可能腹部還會痛，這就是運用了腹部發聲，也就是運用了氣息方法。悄悄話的方式加上躺著讀文章的方式，是練習氣息的極好方法。

還有一種方式，每天躺在床上讀文章，這個時候大家會

第四章 〈氣場〉 好聲音塑造好印象，好形象帶來強氣場

發現肚子是動的，那就證明大家運用上了腹部的力量，用上了氣息。躺在床上讀文章運用的就是氣息，如果躺在床上用悄悄話讀，效果更佳。

我們學會了練習氣息一招致勝的方式——悄悄話，前面也學習了演講的框架，如果我們已經建構完演講框架和內容，就拿出之前準備好的框架，用悄悄話的方式來進行朗讀，這樣的練習一舉兩得。如果沒有準備好自己的演講內容，也沒有關係，隨便找一段文字用悄悄話來練習就好了。

強調一點，聲音的運用需要長時間練習，不是一朝一夕的事情，需要每天練習，量變產生質變。大眾傳播科系的人，在大學練習 4 年才有如此好聽的聲音。所以，想要運用好氣息，以及有好的聲音，需要每天堅持練習，練習時間不必太長，每天拿出 5 分鐘就可以。

可以是起床的 5 分鐘，也可以是睡前躺在床上的 5 分鐘。慢慢地就會發現有變化，堅持練習一兩年，會有一個質的飛躍。

如果說，好的聲音能夠帶給我們好的說話狀態，那麼好的形象能夠幫助我們增強感染力，而且還可以更好地帶動聽眾。

4.4 標準舞臺姿態，讓你在舞臺上更有自信

有些初登舞臺的演講者因為緊張或缺少舞臺經驗，上了舞臺之後覺得自己哪裡都不對，甚至都不知道應該如何在舞臺上站立、走動，手應該怎樣放。

這些外在呈現上的不知所措，也會影響演講者對整個演講的發揮。這一節主要針對舞臺基本的姿態進行講解，讓初登舞臺的演講者也可以掌握標準的舞臺姿態，收穫舞臺自信。

1. 站姿

在舞臺上自然不能將不好的駝背、東倒西歪的站姿呈現給聽眾。我們要注意好自己的形態。

在站姿上我們介紹兩種方式。

第一種，男女通用站姿。兩個腳後跟靠攏，腳前尖分開 30～45 度。

第二種，專業站姿。如果是男士，可以選擇兩腳分開的站姿，但是跨度不能超過肩膀。如果是女士，可以選擇丁字步，一個腳靠在另一個腳的腳窩處。

演講者可以採用男女通用站姿，也可以採用第二種站姿，這樣的站姿會給觀眾一種專業、自信、精神的感覺。

同時，若長時間演講，建議女士可以採丁字步和通用站姿適當交換的方法，以免長時間丁字步站姿而過於勞累。

2. 歸位動作

在了解基本站姿之後，我們再來了解一下上半身的動作。

上半身的要求自然是抬頭，挺胸，目視前方，但很多初登舞臺的演講者不知道兩隻手應該如何放。

在不出手勢動作的前提下手勢需要有歸位動作，在這裡推薦給大家3種歸位動作。

第一種，握手式。兩手相握自然地放在前方就可以了，這樣的動作，寓意著演講者對自己所說的話很有把握。

第二種，禮儀式。禮儀的老師會告訴我們一個手搭在另一個手的手背上面，這樣也是可以的。不過建議女生採取這樣的方式會比較好看，男生總感覺哪裡怪怪的。

第三種，「倒寶塔」式。手比出一個倒寶塔的形狀，很多成功人士都喜歡運用這個手勢。

3種歸位都可以，任選一個你認為舒服的動作來作為自己的歸位動作就可以。

3. 面部表情

面部的表情要自然地微笑，不能笑得太尷尬，微笑時最好露出牙齒。在這裡並不需要像空姐一樣露八顆牙齒，但也需要稍微露一點牙齒，給人的感覺更加自然。不露牙齒的微笑有時候會給人一種皮笑肉不笑的感覺。

有些演講者剛開始上舞臺的時候笑不出來，尤其是男士，總覺得笑是一件特別難的事。我在接觸演講後的很長一段時間裡，都不太會笑。當時，師父還說我：「木魚在演講的時候手勢動作也好，整體姿態也好，內容邏輯都非常棒。就是不會笑，老給觀眾一種不能親近的感覺。」

這就可以看出來，缺少微笑的演講者就缺少了親和力。從那之後，我開始練習微笑，現在可以說想不笑都不行。

如果大家也有類似笑不出來的情況，那就需要刻意練習笑容了。練習的方法，確實是空姐練習微笑的方法：牙齒夾一根筷子，然後慢慢地抽出。

這種方法的笑容一開始可能會比較僵，實際上就是鍛鍊人的肌肉記憶。最後嘴巴習慣了，就可以自然地笑了。

除此之外，我更推崇照鏡子調整到自然微笑的狀態。因為只是上舞臺，不用像空姐一樣去練習，只要舒服自然就可以。如果能夠透過鏡子自己就可以調整到自然的微笑，也可

以不用以上空姐訓練微笑的方法。總之，能夠達到自然微笑的效果就可以。

同時，在微笑的過程當中，也要注意眉毛。有個成語叫做眉開眼笑，意思是在微笑時，除了嘴巴，眼睛更是傳達情緒的窗戶。演講者是不是真的要與大家分享，眼睛、眉毛更能傳遞給觀眾情感。

眼睛要有神，眉毛不要糾結到一起，要舒展開來。初登舞臺的演講者有時會忙不過來，想著要微笑，但心裡還是擔心自己講不好，眉毛都糾結到一起去了，可嘴巴卻是微笑的。這種表情往往演講者自己沒感覺，觀眾看了會在下面笑。

所以，在演講的過程中，除了要注意嘴巴的微笑，還要注意眉心舒展。

4. 眼神

剛才提到眼睛是傳達情緒的窗戶，眼睛要有神。那怎樣能夠讓觀眾感覺到演講者的眼睛有神呢？這就要求演講者做到以下三點。

第一，眼睛不要飄。

有些演講者的眼神會飄忽不定，看天看地就是不看人，嚴重的甚至翻白眼或者頻繁眨眼。這種現象的主要原因是緊

張或準備不充分。

最好的解決方法就是照著鏡子進行演講練習，必須要求看自己。有些演講者剛開始連鏡子裡的自己都不敢看，如果對自己如此不自信，又怎能要求觀眾為你的演講歡呼呢？當我們敢正視鏡子裡的自己的時候，就敢正視臺下的觀眾。

第二，在觀眾身上停留1～2秒。

好的演講者眼睛彷彿可以跟觀眾對話。難道是優秀演講者的演講會說話？其實不然，能夠讓觀眾感受到演講者在關注他的重要技巧就是，在人數允許的情況下，照顧到每個觀眾。

雖然演講者在說話，但是眼睛可以看著觀眾，眼神在每個觀眾身上多停留1～2秒，觀眾就能夠感覺到被重視，就像是可以跟觀眾對話一樣。

第三，大型場合看中後區。

小一些的場合可以運用在觀眾身上停留1～2秒的方式讓觀眾感到受重視，如果是大型場合有成百上千個觀眾，那演講者的眼睛該看什麼地方？

在大型場合演講，眼睛主要看中後區。不要光顧著前排觀眾而忽略了後排觀眾，眼神主要停留在中後區，並且按照左45度、中間、右45度的三部分割槽域進行眼神交流。這就要求演講者要顧及上下左右所有方向的觀眾。

第四章 〈氣場〉 好聲音塑造好印象,好形象帶來強氣場

這一節,我們在基本站姿、歸位動作、面部表情、眼神四個方面講解了演講的基本姿態。對於初登舞臺的演講者來說,剛開始按照這種方法練習難免會覺得有些不舒服、不習慣,但這就是正確的姿勢,之前的不正確習慣導致演講者在舞臺上手舞足蹈。按照正確的方式進行訓練後,會在站上舞臺的那一刻就給觀眾一種專業的感覺。

在學會了基本的站姿之後,我們來學習在什麼時候應該出手勢動作以及如何出動作才能更好地增強演講者的感染力。

4.5 演講級手勢動作增強舞臺感染力

在第一章，我們就有提到手勢的作用之一是能從生理上幫助演講者緩解緊張，除此之外，在舞臺上會出手勢動作的演講者，往往更能夠給人自然、有感染力的舞臺效果。

我認為手勢動作是肢體的重中之重，並且相比於其他方面會更快一些做出效果，希望大家在學習這部分的內容時，可以邊看邊做，這樣更能夠幫助大家練習手勢動作。

在第一章我們就提到，其實每一個人在日常生活當中都有手勢動作，只是到了舞臺上開始變得拘謹，不知道該怎麼做了。所以，與其說是教大家如何做出手勢動作，不如說是透過方法來提醒大家在哪些地方應該做出手勢動作。

為了方便大家記憶，我替這套手勢動作的方法取名為「四有」，這個名字的啟發源於「四有」青年。我們從小就知道要做一個「四有」青年，即有理想、有道德、有素養、有紀律的青年人。那麼，手勢也有「四有」，在遇到以下四種情況的時候，要記得出手勢。

在正式講解「四有」之前，先簡單說明一下，出手勢動作的區域。我們把手勢動作的區域分為三個：上區、中區、下區。

(1) 上區：一般指手抬起，動作超過肩膀。
(2) 中區：一般指胸前的區域。
(3) 下區：一般指胸部以下的區域或者出動作時，動作的幅度曲線向下。

而我們大部分出手勢的區域都在中區，也就是胸前的位置。「四有」的手勢動作講解區域無特別提示，就是指中區。

第一，有數字。

有重要數字的時候需要出手勢。

比如：

(1) 這個月公司的營業額與上個月相比提高了 40%。
(2) 我獲得了校際運動會男子 400 米長跑第一名的好成績。
(3) 今天的會議我們主要講 3 點。

這些句子中的數字都屬於重要數字，在遇到重要數字的時候記得出手勢。

出數字手勢的動作要領：手心朝外，手腕用力。大家不妨舉起手，從 1 到 10 一起出一下。10 個數字當中有 3 個數字要注意一下。

在出數字「2」的時候千萬不要手背朝外。因為手背朝外的「2」在有些國家是辱罵的語言。

在這裡我們還要強調「重要」兩個字，在有重要數字的時候出手勢，不重要的數字可以不出。

4.5 演講級手勢動作增強舞臺感染力

比如下面這段話:「今天早上我上班的時候,看見有一位老大爺牽著一條狗買了兩根油條,過了一條馬路。」這段話中雖然也有幾個數字,但卻沒辦法勾起我們想出手勢的欲望。因為這些數字都不夠重要。

還有一種情況,一句話當中出現很多數字,感覺都挺重要。這個時候應該怎樣出手勢呢?

比如,某節目曾有一個演講《小強是怎樣練成的》。第一句話就是:「有1個人10年前3次高考2次落榜⋯⋯」一句話中出現4個數字。

大家可以先感受一下,這一句話中4個數字的手勢都出是什麼感覺?如果連做了這4個數字手勢,一定會感覺怪怪的。一句話太多數字,就有太多動作。這種情況下,切記不要每一個都出,挑兩個相對重要的出。

在出手勢當中,什麼樣的數字是重要數字?這裡沒有明確的要求,演講者認為重要的數字就是重要的。因為每個人對文字、話語的理解和判斷都不是完全一樣的。

第二,有大小。

用手勢比劃具體物體,並成比例。

大家可以跟著這幾個詞來嘗試進行物體的比劃:包子、箱子、紙、盒子、水桶、圓柱體⋯⋯

大家都能夠比劃出這些物體。但這裡要注意,比劃實際

物體的時候要成比例。不能把一個包子比劃成大餅的大小，這樣不根據事實依據來比劃的手勢動作缺少說服力，有時候還會帶給觀眾誇張的感覺。

除了這些具體的物體之外，總有一些我們沒有辦法用具體的手勢動作比劃出來，比如：草原、沙漠、工廠、湖泊⋯⋯

這些沒辦法用具體手勢來比劃的，我們可以嘗試進行一個範圍的比劃。

第三，有上下。

我們大部分的出手動作都在中區，手勢動作有沒有出現上區或者下區的時候？也有的。

上區的詞語比較積極，如：希望、明天、衝啊⋯⋯

下區的詞語相對消極，如：算了吧、找不到了、沒了⋯⋯

我們還要注意表示方向性的手勢動作，比如：前方、右邊、左邊、後方。這些都是比較常用的，也稱為指向性手勢。

還可以運用方向性手勢表達一些虛擬動詞。

(1) 從內到外：分享、付出、給予、貢獻、奉獻⋯⋯
(2) 從外到內：獲得、得到、拿來⋯⋯
(3) 雙向：相互、彼此、你我、共同、共享⋯⋯

第四，有模仿。

有很多詞在日常生活中都可以用手勢動作模仿來做，在舞臺上也同樣。比如下面幾個詞我們可以自己來模仿一下這些動作：敲門、提東西、打電話、打開窗戶⋯⋯

這就是手勢動作的「四有」：有數字、有大小、有上下、有模仿。在遇到這 4 種情況的時候，演講者要提醒自己出手勢動作。剛開始如果你在舞臺上並沒有任何手勢動作，最好先按照「四有」的方式進行刻意練習和調動。

當出手勢動作在舞臺上已經形成了習慣之後，大家會發現其實手勢動作使用的自然程度遠遠超過「四有」本身。所以，「四有」只造成喚起手勢動作的作用，當大家習慣出手勢動作之後，就會形成自己的手勢動作風格。擁有手勢動作會為演講增強感染力和帶動感。

如果演講者有了標準的站姿、自然的手勢動作以及好聽的聲音，但是穿了一條短褲來到演講大賽的會場，觀眾看到這樣的服飾會對演講者的第一印象大打折扣。好的穿著一定會幫我們的演講加分，試問誰不喜歡「美」的事物呢？

4.6「顏值」是「言值」的助推劑，好衣著帶來好印象

不知從什麼時候開始，網路上出現「顏值即正義」的流行風。越來越多的人在乎自己的外在形象。誠然，好的「顏值」確實能夠在很多方面加分。演講也不例外，但這裡的顏值並不是狹隘地指長相，長相只是「顏值」的一部分。

長得不夠傾國傾城，也可以依靠多層次塑造，讓自己的「顏值」提高。大家會發現，有的時候我們覺得一個人長得好看，不僅僅是因為臉，而是感覺這個人有某種魅力，這是從內散發出來的。「顏值」是我們自信的外向塑造，而擁有好的「顏值」是言值的助推劑。

第一個標準：符合場合要求

那在演講中怎麼算好「顏值」？其實就是穿著，也就是說，只要符合場合的就是好穿著。

舉個例子，我和一位老師先後去某銀行進行培訓，那位老師早我兩天去。第一天培訓結束之後，負責對接的老師悄悄地向我發了條訊息：「於老師，今天我們和銀行方溝通，銀行方提出了一個要求，希望老師的穿著能夠符合銀行系統的風格，今天××老師的風格……不過，我相信於老師是沒

有問題的。因為我看了您的動態，您總是西裝革履的，很符合銀行的風格。」

這個經歷告訴大家，好衣著的第一個標準就是符合場合需求。

第二個標準：符合演講定位。

在節目中並不是每一個選手都是西裝革履，我們也見過有穿運動服的。但這不光是因為他自己是馬拉松運動員，同時他講的大部分題材都與運動有關。

第三個標準：不知道怎麼穿就穿正裝。

有些初登舞臺的演講者，對自己的演講定位沒有那麼明確，又擔心穿運動服會讓別人留下不好的印象。如果是這種情況，建議大家穿正裝就沒錯了。

男士穿西裝套裝、皮鞋，是否打領帶要看場合是否特別正式。很正式就打領帶，不是很正式可以不打領帶。要注意身上的顏色不能超過 3 種。女士也可以穿西裝套裝，化淡妝即可。

從現在起，用好的衣著為你的「顏值」加分吧。

在本書中我不要求大家成為穿著達人，因為在演講舞臺上，只要不穿得太過分，大家對我們的印象總不會太差。如果演講者的衣品以及審美很好，也可以在外在衣著上為自己

第四章 〈氣場〉 好聲音塑造好印象，好形象帶來強氣場

好好搭配。

　　好氣場打造好印象，透過本章的學習，大家對聲音和肢體的基本要求有了一定的了解，這也是個人氣場的基本要求。當有了自信、演講內容、好氣場之後，實際上大家已經比很多人厲害了。但還談不上高手，演講高手不僅自己有自信、氣場、內容，更厲害的是還可以調動臺下觀眾的情緒，讓觀眾的參與感更強，這就需要演講者具備控場力。

帶著手勢動作進行故事複述

學以致用，內化成自己的學習體系，才是大家學習知識最重要的部分。這一章我們學習了肢體和手勢動作的內容，要透過一些刻意練習固化這些知識，才能在舞臺上嫻熟地運用。

我為大家找了 3 個小故事，作為形象這節的練習題目，有以下 3 個要求。

1. 用自己的話語複述故事

這不是背誦，也不是朗讀。而是讀過兩遍之後，我們基本上就能夠記住故事主線。然後，用自己的話語複述出故事梗概。只要中心思想符合故事本身就可以，不需要一字一句都跟原內容一樣，轉換成自己的語言，更能夠讓別人覺得我們有自己的特點。

2. 思考哪裡可以加手勢動作

思考故事的哪些地方符合「四有」，可以適當地加上手勢動作。

3. 綜合練習

第 1 點和第 2 點做好之後，站起來對著鏡子進行練習，按照前面講過的站姿、表情、眼神、手勢動作等來進行刻意練習。

故事練習 1：生命的價值

在一次討論會上,一位著名的演說家沒講一句開場白,手裡卻高舉著一張 20 美元的鈔票。

面對會議室裡的 200 個人,他問:「誰要這 20 美元?」一隻隻手舉了起來。他接著說:「我打算把這 20 美元送給你們中的一位,但在這之前,請准許我做一件事。」他說著將鈔票揉成一團,然後問:「誰還要?」仍有人舉起手來。他又說:「那麼,假如我這樣做又會怎麼樣呢?」他把鈔票扔到地上,又踏上一隻腳,並且用腳碾它。然後他拾起鈔票,鈔票已變得又髒又皺。「現在誰還要?」還是有人舉起手來。

「朋友們,你們已經上了一堂很有意義的課。無論我如何對待這張鈔票,你們還是想要它,因為它並沒貶值,它依舊值 20 美元。在人生路上,我們會無數次被自己的決定或碰到的逆境擊倒、欺凌甚至碾得粉身碎骨。我們覺得自己似乎一文不值。但無論發生什麼,或將要發生什麼,在上帝的眼中,你們永遠不會喪失價值。在他看來,骯髒或潔淨,衣著齊整或不齊整,你們都是無價之寶。」

故事練習 2:你也在井裡嗎?

某一天,農夫的一頭驢子不小心掉到一口枯井裡了,農夫想盡辦法試圖把驢子救出來,但幾個小時過去了,驢子還是在井底痛苦地哀號著。農夫實在是精疲力竭,他想這頭驢子年紀很大了,不值得大費周章去救,於是決定放棄。後來

他又一想，覺得還是應該把井填起來把驢子埋了，以免它痛苦。於是他就找來左鄰右舍幫忙一起往井裡填土準備把驢子埋了。農夫和鄰居們人手一把鏟子，開始將泥土鏟進枯井裡，當這頭驢子了解了自己的處境時，剛開始哭得很悽慘，但出人意料的是，很快這頭驢子就安靜了下來。農夫好奇地探頭往井底一看，眼前的景象令他大吃一驚：當鏟進井裡的泥土落在驢背上時，驢子的反應令人稱奇。牠將泥土抖落到一旁，然後站在這些泥土堆上，就這樣驢子將大家倒在牠身上的泥土，全部抖落在井底，然後再站上去，很快這頭驢子便得意地升到井口，最後在眾人驚訝的表情中快步地跑開了。

就如這頭驢子的情況，在生命的旅程中，有時候我們難免也會陷在枯井裡，有各式各樣的泥沙傾倒在我們身上，而想要從這些枯井中脫困的祕訣就是：將泥沙抖落掉，然後站到上面去。

人生也是一樣，必須要渡過逆流，才能走向更高的層次，而最重要的是永遠看得起自己。

故事練習3：痛苦和鹽

印度有一個師父對徒弟不停地抱怨這抱怨那感到非常厭煩，於是有一天早上派徒弟去取一些鹽回來。

當徒弟很不情願地把鹽取回來後，師父讓徒弟把鹽倒進

水杯裡喝下去,然後問他味道如何。徒弟吐了出來,說:「很苦。」

師父笑著讓徒弟帶著一些鹽和自己一起去湖邊。他們一路上沒有說話。

來到湖邊後,師父讓徒弟把鹽撒進湖水裡,然後對徒弟說:「現在你喝點湖水。」

徒弟喝了口湖水。

師父問:「有什麼味道?」

徒弟回答:「很清涼。」

師父問:「嘗到鹹味了嗎?」徒弟說:「沒有。」

然後,師父坐在這個總愛怨天尤人的徒弟身邊,握著他的手說:

「人生的痛苦如同這些鹽一樣有一定數量,既不會多也不會少。我們承受痛苦的容器的大小決定痛苦的程度。所以當你感到痛苦的時候,就把你承受的容器放大些,不是一杯水,而是一個湖。」

是不是每一句話
都要出手勢動作呢？

答：不是。

其實並不是每一個詞、每一句話都要加上動作。我們會發現手勢動作在優秀的演講者身上是一個很棒的輔助，其最大的特點就是自然。如果刻意地去強調手勢動作一定會顯得不自然。

但是很多初登舞臺的演講者，上了舞臺根本想不起來出手勢動作。所以前期需要進行刻意甚至刻板的練習，讓「演講要出手勢動作」這個概念，在意識和身體上都有所表現。

所以，剛開始練習手勢動作的時候，要盡可能多加練習。久而久之，身體就知道要出手勢動作了，到那個時候就知道什麼時候該出動作，什麼時候不該出動作，就會慢慢從固化變成自然。

第四章 〈氣場〉 好聲音塑造好印象，好形象帶來強氣場

第五章 〈控場〉
會互動的演講者，
更受觀眾喜歡

第五章 〈控場〉 會互動的演講者，更受觀眾喜歡

　　對於演講者來說，在具備了舞臺的自信感和演講的邏輯內容之後，在舞臺上能否更好地掌控全場，讓觀眾喜歡聽我們說話，又成為大家想追求的另一個即興演講目標。實際上，控場不僅僅是一種技巧，更是演講者應該具備的一種綜合能力。本章我們從控場提問、即興表達、遊戲力 3 個方面對控場能力進行打造。

5.1 學會控場提問，
掌控演講現場互動感

　　提問是最好的控場互動方式之一，這種方法與第二章「開場篇」的提問法，略有相似之處。兩者的共同點都是為了跟觀眾增加互動感，引發觀眾對主題的思考。不同點在於，引題處的提問更多出現在開場而且多為封閉式問題。而這裡的提問出現在演講進行中，更加重視問題的品質。要求該問題不僅能夠引發觀眾思考，還能呼應演講的主題內容，更好地幫助觀眾理解演講。開放式問題和封閉式問題可以交叉使用。

5.1.1　好的互動從提出一個好問題開始

1. 調整自身演講狀態，符合演講基調

　　控場往往從演講者狀態開始。

　　若想與觀眾的互動效果更好，首先演講者需要表現出良好的演講狀態。如果演講者要跟大家分享一個很有趣的演講，想讓大家一起笑一笑，但是演講者自己全程面無笑容，也很難帶動觀眾的情緒。

如果演講者分享一個感動的事情,這件事情需要首先感動到演講者,先感動自己再感動別人。

真正的互動就是你想讓觀眾笑他們就可以笑,想讓他們哭就可以哭,想讓他們為你喝采就可以給你鼓掌。一切的舉動發自觀眾的內心。演講者就要考慮到什麼是這些觀眾最關心的點,不管是笑點、痛點,還是其他的點。

2. 善於引發觀眾思考

在第二章我們講引出主題的方法時,已經與大家分享了一個方法叫做封閉式問答。封閉式問答更容易控場。因為這對觀眾的回答並無負擔,演講者也比較好掌控答案。

但是開放式問答在舞臺上就真的不能用了嗎?並不是。

不是說開放式問題不可以用,而是擔心初登演講舞臺的演講者一開始使用開放式問題,可能會無法掌控觀眾的反應。

但如果開放式問答本就不需要觀眾回答而是自問自答,只需要引發觀眾的思考,那就可以使用。

比如:

(1)請問大家幸福是什麼?

我想我們理解的幸福一定是各式各樣的⋯⋯

(2)我想問大家一個問題,什麼是成功?

有錢就是成功？有房就是成功？有幸福美滿的家庭就是成功？這些都對，也都不對。因為每個人心目中的成功並不相同。

(3)你想要什麼樣的生活？

是每天忙忙碌碌，還是每天懶洋洋？是每天都很有精神，還是每天無所事事？

同時，在自問自答時要注意以下三點。第一，丟擲問題不宜過長。

第二，留給觀眾思考時間。第三，自我回答注意過渡。

3. 縮小回答範圍或者疊加發問

開放式問題和封閉式問題可以疊加使用。

比如：請問各位讀者，讀了本書，大家喜歡這本書的什麼地方？

這明顯是一個開放式的問題，讀者一時之間想不出來自己的答案，當演講者快速察覺觀眾需要大量時間思考，但仍然想得到觀眾的回答，就可以馬上縮小回答範圍或者疊加一個封閉式問題。

(1)縮小回答範圍：如果讓大家用一個詞或者一句話來表達呢？

(2)疊加封閉式問題：是書中的技巧還是書中的案例？

第五章 〈控場〉 會互動的演講者,更受觀眾喜歡

　　在互動控場提問方面,我們會發現,提一個問題並不難,但是演講者要去預判觀眾的各種反應,從而引導觀眾參與演講。換句話說,一個普通的問題可以帶來一定的互動效果,但一個好的問題必然會帶來很好的互動效果。

　　如果說提出一個好問題是鍛鍊演講者對演講環節的設計以及對觀眾的把控的話,那演講者自身的即興表達能力就是考驗演講者能否在沒有預料到的情況下快速反應來應對突發情況。

5.2 即興表達，彰顯語言能力

擁有好的控場效果，絕對不能缺少的一項非常重要的能力，即興表達能力。雖然說演講者會在演講前做好充足的準備，但也不排除觀眾有臨場性的反應。比如，絕大部分正規的演講比賽都會設定演講後的評審提問環節。

有一次，我應邀為某演講比賽做中文評審，參與評審的一共有 6 位。主辦方要求評審負責點評、提問和打分。很多問題都是評審隨機想出來的，演講者根本不知道評審會問什麼，所以這時就需要演講者即興組織語言的能力，快速地回答評審提問的問題。

所以，好的即興組織語言的表達能力，是幫助演講者控場的重要能力之一，有很多人都非常想學習即興表達，本節將介紹兩種鍛鍊即興表達能力的方法：即興應景表達、表達撲克牌，來幫助大家培養即興表達能力，提高即興反應速度。

5.2.1　即興應景表達

演講新手們有的時候很羨慕那些優秀演講者的即興能力，就是可以抓到一個物體就能講。這種能力有一個比較學

術的名稱：即興應景表達。這種即興表達的方式，不僅能夠讓我們張口就來，還能讓我們有高級感。

即興應景表達有一個技巧，就是要分析物體的屬性或者作用，只要能夠想到屬性或者作用就能利用它進行表達。

比如：老師上課最常用的是白板或者黑板，白板或者黑板的作用是可以寫字，也可以擦掉。假設我們要借用白板做即興分享，大家會怎麼用？

可以這麼說：「白板字跡可擦，人生汙點難除。」

再比如：我們每天都用的凳子有什麼屬性或者作用？可以坐著，那對於凳子而言是在承受我們的重量。

這個詞可以這樣用：「我們的人生實際上就跟凳子一樣，人生在於承受。」

燈可以怎麼用？燈的作用是照明，那麼燈可以怎麼表達？

可以這麼說：「我們每一個人都是彼此的燈塔，可以照亮別人前行的路。」

還有人問「滑鼠」這個物體怎麼用？動動腦筋想一下，滑鼠有什麼作用呢？點選或者選擇你在電腦上想要的。

可以這麼說：「其實有的時候我們要像滑鼠一樣，去點選自己想要的介面達成自己想要的目標，才能真正地活出自己想要的樣子。」

我們可以看到只要你能想到這個物體的屬性或者作用，就可以借用這個物體進行表達，這樣的表達顯得跟別人不一樣，甚至有高級的感覺。其實，透過這樣的分析，我們會發現即興應景表達並沒有想像的那麼難。

分析物體的屬性和作用可以讓我們的表達有一種抓到物體就能夠分享的能力。那除此之外，還有哪些方法可以幫助我們提升即興表達能力呢？

在這裡我想跟大家說，好的即興表達不僅可以學出來、練出來，還可以玩出來。

5.2.2 有趣的即興表達訓練方法——會打牌就會即興表達

從業將近 10 年的時間，有很多時候我都在尋求一個方法，希望把學習演講這件事情變得更好玩。我想很多人都在不斷地追求這一目標。因為從人性本質上來說，學習是一件反人性的事情，因為學習的過程可能很枯燥、很痛苦，而人性喜歡吃喝玩樂。所以事實上學習使人快樂只是少數人的快樂。那麼能否將學習變成大部分人的歡樂？我想這一套練習即興表達的打牌方式就是一種快樂學習的方式。可以讓練習者以玩撲克牌的歡樂形式進行即興反應的練習，同時這也是個多人遊戲，也可以透過這樣的形式了解不同人面對同一個

詞的思維方式，更可以增進感情。我把這套打牌的方法叫做表達撲克牌。

撲克牌玩法一

抽取並以一張牌造一個複雜的陳述句。這個遊戲 4～6 個人一起玩是最好的，如果沒有那麼多人，自己一個人玩也沒有問題。

首先，隨便抽取一張牌，用上面的詞語造一個複雜的陳述句，我說的是複雜的陳述句，而不是簡單的。

比如你抽到的是「自信」這張牌，你不能說「我很自信」，這個太簡單了。

你可以這麼說：「我認為自信主要展現在人站在舞臺上不緊張地進行表達。」

造完句子後，用「自信」這張牌問一個開放式的問題，比如：你覺得什麼樣的表現叫做自信？然後再抽取一張牌，用第二張牌的詞語來回答上一個問題，比如又抽到了「毫不費力」，你可以說：「在舞臺上毫不費力地進行演講，並且能夠準確地表達出自己的所思所想，這就是一種自信。」回答完畢後，再問開放式問題，然後抽詞語進行回答。

撲克牌玩法二

剛才方法一是讓我們抽 1 個詞，方法二就是抽 2 個詞。抽取 2 個詞造句，用 2 個詞提問，用 2 個詞回答。

撲克牌玩法三

跟上面方法相同,將 2 個詞改成 3 個詞。

撲克牌玩法四

抽取 10 張詞語牌,講一段故事。對這個故事沒有任何要求,只要能夠成功串上 10 個詞就可以。如果想讓遊戲刺激一些,可以限制一定的時間,比如 1 分鐘或者 2 分鐘等。

撲克牌玩法五

1 分鐘以內用比較有邏輯的話語串更多的詞語。

這個玩法有要求。玩法四是可以看到 10 個詞語,玩法五是一次只能看到一個詞,串上這個詞後,才能看下一個詞,並且要求整段話是有邏輯性的,而不是前言不搭後語的。

撲克牌玩法六

每人抽取一張卡片,抽取完畢後裁判根據大家的牌,來為這次遊戲定一個主題,並決定發言順序,然後所有人要將自己抽到的牌中的詞,貢獻給這一次主題。按照規定順序發言,每人說兩句話,然後下一個人接上,以此類推,拼湊成一段話。如何能夠讓對話符合主題就變得很重要。

比如,抽到了分辨、過程、思想、聰明、推理。

裁判設定的主題為:努力一定可以成功。

第一個人:我認為每一個人都應當具有一定的分辨是非

能力,因為很多情況下我們自己追求的成功路徑不一定是準確的,也許是一條彎路,也許是一條岔路,也許這條路根本沒有盡頭。如果沒辦法去分辨成功路上的是非,就很容易讓自己誤入歧途。

第二個人:沒錯,在成功這條沒有標準的道路中,我們可能會經歷很多,無論是挫折、困難,還是歡喜、榮譽,這些都是這條路上的重要體驗、重要過程,可以說是這條路上最值得回憶的一道風景線。你我都不容錯過。

第三個人:在成功的過程當中,我們每一個人的思想、思維、認知都顯得尤為重要,因為很多事不是你不會,而是不知道。掌控策略方針的大方向,將會成為成功最重要的因素。

第四個人:有思想、有策略、有行動的人,我們往往認為是聰明人。聰明人不一定會走捷徑,聰明人不一定會有好的運氣,但是聰明人一定有自己的智慧。

第五個人:聰明人大多都有些過人之處,比如過人的推理能力。這種推理能力,我把它更多地看作是一種對未來的推理,是一種前瞻性,具有前瞻性的人往往可以走在事情的前面,也更容易成功。

這5個人兩句話的回答就串成了一段有水準的文字。

如果你對自學即興表達很感興趣,那麼就可以試試這個

方法。以上就是目前有的 6 種表達撲克牌玩法。每當介紹這個方式的時候，總會有朋友問我表達撲克牌哪裡賣。目前市面上沒有銷售表達撲克牌的管道，各大平臺只銷售空白撲克牌，中間的詞需要自己查詢。大家可以自己製作表達撲克牌。

製作表達撲克牌的方法主要是以下三點流程。

1. 購買空白撲克牌或者撲克牌。

2. 隨便找一篇文章，找出 18 個動詞、18 個名詞、18 個形容詞（包括 9 個褒義，9 個貶義）。

3. 將找好的詞貼在撲克牌上。

這樣一套牌就製作完畢了。透過表達撲克牌的遊戲，我們可以看到「好即興玩出來」。當我們玩出好的即興表達能力時，面對演講中觀眾的臨時反應，就能夠更好地處理突發情況。這也是一種控場的方式，除了表達撲克牌和即興應景的方法之外，還有沒有一種方式也能開心地玩出來？當然有，這種方式就是玩遊戲。

5.2.3　玩遊戲提高演講控場能力

把控全場觀眾互動性、參與度的控場能力除了能夠及時做出反應的即興表達能力之外，還有對現場的把控。對於現場把控的能力怎樣能夠獲得，有一個很快速、不枯燥的方式

就是玩遊戲。練習遊戲可以很好地訓練控場能力。5.2.3.1 控場沒那麼難！會玩遊戲就會控場

會玩遊戲就會控場。這裡的會玩遊戲不是指我們作為參與者的會玩遊戲，而是從發起者、遊戲主持人的角度。其實我們也可以把這些遊戲拿到公司或者學校來，帶著同事或者同學一起玩。

當我們將身分從觀眾切換到活動主持人的時候，會發現一切都不一樣了。一般會出現以下 3 個問題。

1. 規則講解不夠清楚。

2. 觀眾參與度低。

3. 遊戲氛圍不理想。

造成這些問題的主要原因是我們沒有從觀眾的角度去思考這個遊戲應該怎樣玩，當我們先換位思考，把自己想成第一次玩這個遊戲的人，那可能會有怎樣的表現？怎樣的問題？這樣有利於我們真正地帶領觀眾玩好遊戲，達到好玩又活躍氣氛的效果嗎？

5.2.3.2　你知道遊戲也有特性嗎？

既然我們說遊戲就是控場力，身為遊戲操盤手的我們，也要了解遊戲當中的「坑」。說到這裡，可能有些夥伴會有疑問，覺得遊戲本身不就是個坑嘛，不就是想要觀眾入坑嘛。

沒錯,這是從觀眾的角度來說的。

從操盤手的角度來說,我們在舉辦遊戲的時候,要了解遊戲當中的一些特性,以免掉進自己的坑中。

特性一:遊戲的唯一性

遊戲跟演講、主持最大的區別就是遊戲有唯一性,換句話說,參與者玩過一次就知道規則了,可能就不想玩了。這時候,如何調動這些不想參與的觀眾就顯得非常重要。當然,有些遊戲不需要全員參與,我們可以選擇配合朋友。但有些遊戲需要全員參與,如果一開始就告訴觀眾這個遊戲是什麼,有些觀眾可能玩過,就會產生不有趣的心理。

解決方案:上船理論。

既然我們說遊戲是希望觀眾參與從而達到效果,不如用一種方法,讓觀眾一開始就參與。這個方法就是上船理論。先不告訴觀眾遊戲的名字和遊戲規則,先做一些有趣的鋪陳將觀眾騙上船來。提前說一下,為了讓大家更容易理解,此處的講解會直接採用 5.2.3.3 的遊戲案例來進行。

比如,你想帶大家玩一個「大風吹」的遊戲。不要在最開始告訴大家遊戲規則以及名稱是什麼,上來可以先進行一個鋪陳。

「今天先帶大家做一個遊戲,這個遊戲既能鍛鍊大家的反應能力,又能鍛鍊大家的體力,還可以鍛鍊大家對物體的辨

識能力。」

講到這裡，觀眾已經開始好奇了，然後我們要配合一個指令性的動作再次增強觀眾的參與度。「現在大家全體起立，一起把椅子拿到前面來……」

這樣先鋪陳，再帶動觀眾做動作，這個時候觀眾已經付出了沉默成本，即使不愛玩遊戲，但是覺得既然來了，那就繼續下去吧。

特性二：「同性相吸」原則

在生活當中，我們是異性相吸。但在遊戲中，最開始我們是「同性相吸」，我們來回想一個場景，在一個相對陌生的社交場合，在全然不認識周圍人的情況下，大家是願意坐在同性旁邊還是願意坐在異性旁邊？根據調查，大部分人都願意坐在同性旁邊，因為這樣更有安全感一些。

我們身為遊戲發起人，自然是希望所有人不管參加遊戲的男性還是女性都可以沒有性別顧慮，像好朋友一樣玩在一起。那我們就要注意到「同性相吸」法則，用一些小方法打破性別界限，讓大家熟悉起來，讓氛圍更好。

我們以遊戲「股票大贏家」為例，這個俗稱「一塊五毛」的遊戲中的小切換，充分地解除「同性相吸」原則。

這個遊戲在玩的時候，一定是人少的一方是「五毛」錢，人多的一方是「一塊錢」。

當我們釋出口令的時候一定要釋出一塊五毛、兩塊五毛、三塊五毛⋯⋯帶五毛的口令就會形成「搶」的效果。這樣的方式就不會令人少的那一群人顯得尷尬，反而能夠利用「搶」的效果，讓大家快速熟悉起來。

特性三：接觸打破陌生

剛才提到「股票大贏家」的遊戲能夠讓大家快速地拉近彼此之間的距離，形成「搶」的形式。透過「搶」，人與人之間有了肢體接觸，尷尬的氣氛也就打破了。

在生活當中，大家彼此不熟悉的時候，相互握個手就會熟悉很多。玩遊戲也是同樣的道理，大家都不熟悉的時候「搶」一下，就有了彼此的接觸，也會減少尷尬，相互熟悉起來。

了解遊戲的個性也是了解人性的一種方式，分析觀眾的心理活動，並進行小技巧的調整，從而推動遊戲更好地進行。

5.2.3.3　演講，培訓常用 4 個控場小遊戲

為了更好地幫助大家一起帶動觀眾，我為大家準備了 4 個常用培訓小遊戲的玩法規則說明，希望大家在自己讀懂規則的同時，提前預演遊戲，思考遊戲可能發生的情況，從而在遊戲正式開始的時候達到更好的效果。

第五章 〈控場〉 會互動的演講者，更受觀眾喜歡

1. 老師說

遊戲方法：

當有「老師說」的時候，就按照指令進行。沒有「老師說」就原地不動。如：老師說向前走一步，就向前走一步。向後退，沒有老師說，就不要動。

2. 大風吹

遊戲方法：

(1) 把比總人數少一把椅子數目的椅子圍成一圈。

(2) 除了當「鬼」的人以外，其餘的人分別坐在不同的椅子上。每把椅子限坐一人。

(3) 做「鬼」的人站在中央，他可以隨意說大小風吹。如果他說大風吹，他說有X的人必須起來換位置。如果說小風吹，則是相反，沒有X的人起來換位置。換位置時不能持續兩人互換或坐回原位。沒搶到位置的人則是新「鬼」。

(4) 做「鬼」三次的人則算輸，需接受處罰。舉例：

「鬼」：大（小）風吹。其餘的人：吹什麼？

「鬼」：吹有戴眼鏡的人。（如是大風吹，則是戴眼鏡的人起來換，如果小風吹，則是沒戴眼鏡的人起來換！）

3. 小雞變人

遊戲方法：

(1) 讓所有人蹲著，扮演雞蛋。

(2) 相互找同伴猜拳，獲勝者孵化成小雞，可以半蹲。

(3) 然後小雞和小雞猜拳，勝利者變成人，輸者退化為小雞，再跟自己一樣的小雞猜拳，再輸，就是雞蛋，雞蛋和雞蛋繼續猜。

(4) 繼續遊戲，看看誰是最後一個變成人的。

4. 股票大贏家

遊戲方法：

人數：十幾個人就可以，人多些更好玩。人員：一定要有男有女，比例不限。

裁判：一名，負責發號施令。規則如下：

在遊戲中，男生就是一塊錢，女生則是五毛錢。

遊戲開始前，大家全站在一起，裁判站旁邊。裁判宣布遊戲開始，並喊出一個錢數（比如三塊五毛、六塊或八塊五毛等），裁判一旦喊出錢數，遊戲中的人就要在最短的時間內組成那個數的小團隊，如果裁判喊出的是三塊五毛，那就需要三男一女或七女或一男五女之類的小團隊組成。請記住

動作要快,因為資源是有限的,人員也很少有機會能平均分配,所以動作慢的人可能會因為少幾塊或幾毛錢而慘敗,該出手時就出手,看見五毛(女生)先下手為強;當然動作快的人員不要一味地拉人,有可能裁判叫的是三塊五毛,但你們團隊裡已經變成五塊了,這時候你就需要踢人了。

5.3 遊戲控場力，
學會玩遊戲就能調動觀眾舞臺參與感

透過本章的學習，我們了解了演講中關於控場的規則，在必要的時候可以運用遊戲為演講做更好的互動和鋪陳，用你的即興表達能力掌控住全場。同時，不同類型的遊戲，在演講時的使用效果和目的並不相同。按照效果目的來分，我們把遊戲分為兩大類：開場遊戲和拓展遊戲。

1. 開場遊戲

開場遊戲的主要目的是活躍氣氛，在 5.2.3.3 節中的 4 個遊戲均屬於開場遊戲。若演講中需要一個開場小遊戲來烘托氣氛，就可以在演講之前跟觀眾一起來玩，帶動觀眾參與。

2. 拓展遊戲

拓展遊戲的主要目的是讓觀眾透過玩遊戲來懂得某個道理。這個道理跟演講的中心思想直接相關。

這種手法在培訓當中運用得很多。比如時間管理當中的「拍手」遊戲和「撕紙」遊戲，溝通中的「驛站傳書」遊戲，都屬於拓展遊戲。其主要目的都是讓大家在玩得開心的同時，

也能夠感受到目的和意義。

遊戲備註

（1）拍手遊戲

10 秒鐘能夠拍多少下手？10 秒鐘能夠拍 100 下手嗎？

第一步：先問每一個人覺得自己 10 秒鐘能拍多少下手？一般答案在 20～30 下。

然後，讓大家開始拍手。問大家拍了多少次，基本上都會超過一開始的數字。

第二步：教一個拍手技巧，一個手不動另外一個手拍，速度會比較快。再計時 10 秒鐘讓大家拍手，再問拍了多少次，通常都會超過上一次。

第三步：問是否相信可以拍到 100 下？找一組對標文字（10 個字）。

看到一個字，手上拍 10 下，以此類推，拍到第 10 個字就是 100 下。

（2）撕紙遊戲

請準備一張長條紙，用筆將它畫成 10 份（中間部分剛好每兩列一份代表生命中的 10 年，分別寫上 10、20 等，最左邊的空餘部分寫上「生」字，最右邊的空餘部分寫上「死」字）。

下面我向大家出幾個問題,請大家按我提的要求去做。

第一個問題:請問你現在多少歲?(把相應的部分從前面撕掉。)過去的生命是再也回不來了!請徹底撕乾淨!

第二個問題:請問你想活到多少歲?(如果不想活到100歲的話就從後面把那部分撕掉。)

第三個問題:請問你想多少歲退休?(請把相應的退休以後的部分從後面撕下來,不用撕碎,放在桌子上。)

就剩這麼長了,這是你可以用來工作的時間。第四個問題:請問一天24小時你會如何分配?

一般人通常是睡覺8小時(有人還不止呢!)占了1/3;吃飯、休息、聊天、摸魚、看電視、遊玩等又占了1/3;其實真正可以工作的時間約8小時,只剩1/3。

第五個問題:比比看。

請用左手拿起剩下的1/3,用右手把退休的那一段和剛才撕下的2/3加在一起,並請思考一下您要用左手的1/3工作賺錢,提供自己另外2/3的吃喝玩樂及退休後的生活。

第六個問題:想一想你要賺多少錢、存多少錢才能養活自己上述的日子,這還不包括給父母、子女、配偶的部分!

第七個問題:請問你現在有何感想?

第八個問題:請問你會如何看待你的未來?

第五章 〈控場〉 會互動的演講者，更受觀眾喜歡

你珍惜生命嗎？你想在有生之年有所作為嗎？生命由分分秒秒的時間所組成，時間管理的本質就是生命管理。

這個遊戲的主要目的是讓觀眾感覺到實際上我們在工作中花費的時間很少，要用很少的時間去供養自己的一生甚至照顧一個家庭，這樣的話應該怎麼做？

如果能夠觸動觀眾的話，這個拓展遊戲也就成功了。

(3) 驛站傳書

遊戲介紹：全隊成員排成一列，每個人這時候就相當於 1 個驛站，到時候培訓師會把帶有 7 位數以內的數位資訊卡片交到最後一個人的手中，大家要利用自己的聰明才智把這個數位資訊傳到最前面夥伴的手中。當這個人收到消息以後，要迅速地舉手，並把消息寫在紙片上交給最前面的培訓師。比賽總共會進行 4 輪。在訊息傳遞的過程當中我們會有一些規則來約束。

遊戲規則：專案開始後，所謂專案開始是指培訓師喊開始，消息從後面的人開始傳遞。

①不能講話。

②不能回頭。

③後面的人任何部位不能超過前面人身體的肩縫橫截面以及無限延伸面。（前後標準以最前面的某個物品做參照，比如白板，離白板近則為前，離白板遠則為後。）

④當訊息傳到最前面的人手中時,他要迅速舉手示意,並把訊息交到白板附近的培訓師手中,計時以舉手那一刻為截止時間。

⑤不能傳遞紙條和扔紙條。

本章我們主要側重於培養即興表達能力、即興思維能力、遊戲力來提高演講者的控場能力。我們會發現自己的演講綜合能力已經越來越好了。同時,在演講當中還有一個問題不容忽視,那就是演講道具的使用和配合。有時候我們準備好了內容,但由於現場道具沒辦法滿足我們的想法和需求,而導致演講大大減分,下一章我們來學習演講中那些跟道具配合的事。

第五章 〈控場〉 會互動的演講者，更受觀眾喜歡

好即興玩出來

1. 即興應景訓練。分析下列物體的屬性／作用，並且造出一個主題句。

(1) 冰箱

(2) 水杯

(3) 空調

(4) 地球儀

(5) 手機

2. 自己做一副表達撲克牌，找幾個好友一起來玩即興表達撲克牌遊戲。

3. 在公司或者學校做一次遊戲主持人，帶大家玩一次遊戲。

為什麼我帶別人玩遊戲的時候氣氛總是不夠高？

造成這個問題的原因通常有 3 個。

1. 自己的狀態不夠興奮

觀眾的情緒是需要被調動的。觀眾跟演講者非親非故，並沒有義務要參與和配合遊戲，這就需要演講者首先做到熱情開心，用自己的情緒感染觀眾，才有可能很好地調動觀眾參與。

如果演講者自己情緒低迷，聲音語調低沉，自己不開心就很難要求別人熱情洋溢地參與到遊戲當中來。

建議：遊戲發起者在帶領大家玩遊戲之前，先調整自己的情緒狀態，讓自己熱情開心起來，才更容易帶動別人。

2. 遊戲規則講解不清晰

遊戲發起者與遊戲參與者，對於遊戲的了解程度完全不同。

對於遊戲發起者來說，或是親身體驗過遊戲，或是看過遊戲的文字說明，所以會對遊戲的操作方法十分了解。

但對於參與遊戲的人來說，他們可能根本沒有聽說過這

個遊戲,或是參與感比較低。如果發起者再不將遊戲規則講解清晰,沒有玩過的人更是一頭霧水,更不想參與。

建議:將遊戲規則多熟悉幾遍,先跟身邊的家人、同事、朋友進行講解演練,若他們能夠聽得懂,聽眾也能夠聽得懂。玩遊戲必有試玩,試玩可以更好地幫助觀眾了解這個遊戲並且提高參與度。

3. 演講者即興反應能力弱

大部分遊戲玩不熱鬧的主要原因是在前兩點,因為遊戲本身具有趣味性,新手演講者只要自己有熱情並且按照遊戲規則講解清楚,即使沒有豐富的經驗,依然可以將遊戲玩得很好。

但遊戲也具有隨機性,總會有一些意想不到的小情況需要演講者即興處理,如果沒有辦法及時處理現場突發情況,可能會使遊戲現場變得「最怕空氣突然安靜」,這種情況是演講者最不想看到的。

建議:多玩表達撲克牌,練習即興反應。多看相關的電視節目,學習電視節目中臨場反應能力快的主持人是怎樣應對的。最後要多進行記錄、總結和練習,並結合自己的風格使用。

第六章 〈呈現〉
舞臺演講不用愁，
PPT演講有訣竅

第六章 〈呈現〉 舞臺演講不用愁，PPT 演講有訣竅

6.1 用好這些演講工具，讓你的 PPT 演講準備充分

一個好的演講，除了演講者自身的演講能力需要提高之外，用好演講的工具也特別重要。因為有的時候，沒有善用工具而導致的誤差，往往會影響演講的整體效果。

之前，我剛接觸演講的時候，就曾因為演講工具準備不充分而翻了車。

大概是 8 年前，我第一次嘗試用 PPT 的方式來演講。當時我精心準備了一個 PPT，也在家裡練了大概一週的時間，準備信心滿滿在演講中獲得大家的認可。

我本以為場地那邊會提前準備好 PPT 翻頁筆，結果一到現場才知道，只有一個翻頁筆，並且還要提供給隔壁的會議。這個時候我就已經開始有點不知所措了。

負責人看我這個樣子，便提醒我可以找人幫忙在電腦處進行 PPT 的翻頁工作，於是臨時找了一個人幫我翻頁。誰知她也是第一次做這件事情，我們也沒有時間彩排磨合，只能硬著頭皮上。

當演講剛一開始的時候，由於我在 PPT 中間插入了很多跟隨我語言進行的動畫效果，但是她完全不知道，前兩分鐘

裡沒有跟上我說話的節奏，現場的效果非常不好。那一次，我竟然因為這個突如其來的情況緊張到結巴。因為我們不默契的配合，我只好「結結巴巴」地完成了這次演講，自然也無法獲得滿堂喝采。

有了這一次「失敗」的演講經歷，我才意識到演講工具的重要性，從那之後，翻頁筆我始終會充好電隨身攜帶，以免再出現類似的問題。

透過我的「現身說法」，大家可以感覺到，道具準備不充分可能會給演講者一種「沒有準備充分」的感覺，會對整體的心態有很大的影響，從而導致效果不好，甚至會有更糟糕的感覺。既然我們在一開始提到演講要做好充足的準備，除了對自己的演講內容進行充分準備之外，如翻頁筆、PPT、投影設備、配樂等演講工具的準備也必不可少，特別在大型演講場合中要注意配合使用。

6.1.1　翻頁筆的正確開啟方式

可能很多人都以為我第一個會介紹演講 PPT 的使用，實際上演講的 PPT 已經是所有 PPT 製作當中最簡單的了，我將這最簡單的部分放到後面講解。首先來介紹一下，PPT 的好兄弟──翻頁筆。只要有用到 PPT 的地方，基本都需要翻頁筆的配合。剛才個人「現身說法」的經歷提醒大家，最好自

己有一支翻頁筆,如果沒有,在演講前需要提前聯繫會場詢問是否準備翻頁筆,以免影響整體演講效果。

1. 翻頁筆的結構主要有 4 個部分

(1) 開關鍵
(2) 向上翻頁
(3) 向下翻頁
(4) 雷射筆

雷射筆用作重點提示。有些功能更多的翻頁筆,會在雷射部分做一些很棒的效果,比如點選到某個位置,用放大鏡的效果重點突出,其他部分虛化。

2. 翻頁筆的應用

翻頁筆除了基本的應用功能之外,大部分翻頁筆還有一個隱藏功能,叫做暫時關掉。

這個隱藏功能,很多做培訓的人非常需要,特別是做演講培訓的。演講教練們經常會邀請同學們上舞臺分享故事,這個時候如果開著 PPT,投影儀的光就會照射在同學的臉上,也會讓同學們覺得很晃眼。但如果關掉投影儀,等在需要使用 PPT 的時候,還需要重啟,這樣反反覆覆很麻煩。

這就需要使用到翻頁筆的隱藏功能。長按「向下」這個箭頭,2 秒左右就可以讓投影儀暫時關閉,若想要恢復投影,

隨便按一下翻頁筆或者電腦鍵盤就可以。

同時要注意的是，如果要使用這個翻頁筆的隱藏功能，必須要將電腦的打字法切換到英文打字，才可以正常使用。

3. 翻頁筆的使用節奏：人筆一體的協調配合

大部分人在使用 PPT 時的翻頁節奏是有誤差的，基本上都是翻一頁，講一頁。

但真正好的演講者，是當聲音出來的時候 PPT 已經翻到這一頁了。這個現象叫做人筆一體，只有對自己的講解和 PPT 的內容足夠熟悉才能夠做到。

除了內容之外，還要反覆地在舞臺上預演，反覆與團隊配合。經驗豐富的演講者都知道，在做重要演講時，類似於像翻頁筆這樣的道具，能自己帶就自己帶，但總有一些東西我們沒辦法自己帶去現場，那就要在演講開始之前留出充足的時間跟主辦方溝通以及實地考察彩排，讓道具之間的配合不出差錯。

6.1.2 提前測試現場的投影、電腦，為你的精彩演講鋪路

1. 投影

只要演講運用到 PPT，就會涉及投影儀的使用。每一個地方的投影設備也並不是完全相同的。比如，之前有一次我到銀行做演講和思維邏輯方面的培訓。銀行的投影設備跟一般我們在家裡的投影設備版本完全不一樣。

所以，到不同的地方做演講時，最好提前一天到場進行彩排，看一下相關設備是否可以自行操作。如果不能自行操作，抓緊時間聯繫相關人員，熟悉操作方法。

2. 電腦

播放 PPT 的載體是除了手機之外當代每一位職場人士必不可少的辦公用具 —— 電腦。

去其他地方做演講，我們往往要和對方溝通是否需要自己帶電腦。有些地方是提供電腦的，演講者只需要帶隨身碟就可以了。有些地方是沒有電腦的，需要演講者自己帶著電腦。

我個人比較喜歡自己帶電腦，因為如果只帶隨身碟，有時候會發生對方電腦不辨識等一系列的事情。

如果帶自己的電腦前去演講，要注意到以下 3 個小細節。

(1) 了解對方投影儀介面是哪一種

每個公司的投影儀不一樣，同時介面也並不完全相同。現在比較新的是 Type-C 介面。

如果事先沒有做好介面的調查，只帶電腦去也會比較麻煩。我通常會為電腦外接一個轉換頭，目前所有的轉介面都有，以備不時之需。

(2) 電腦內部設定

有的時候我們發現，投影儀是完全可用的，但是接上介面還是沒有辦法投上，這是為什麼？

這是由於我們電腦內部的投影設定沒有調整到「複製」，也就是既在電腦上顯示，也在投影上顯示。

當然，如果在課間想調整一下 PPT 的內容，也可以將設定調整為「只在 1 顯示」，也就是只能自己看到。

(3) 音源線與電腦相連

有的時候我們會發現投影是可以連線上了，但是音源線無法連線電腦。有可能是設定沒有進行選取和調整，在電腦設定中進行調整即可。

如果設定之後還是不行，最好聯繫場地相關人員立即換一臺電腦來進行。

如果沒有人能處理這個情況，在演講場地不是特別大的情況下，可以採取投影儀的音訊播放，用遙控器來進行投影儀的音量調整，聲音也可以覆蓋 50 人左右的會場。

6.1.3　演講燈光配合，讓你成為舞臺的絕對焦點

在大型演講會場（商演、路演、演講大賽、百人以上會議培訓等）進行演講時，除了要考慮到翻頁筆、電腦、投影儀之外，燈光也非常重要。

好的燈光配合更能夠增加觀眾聽演講時的視覺感受，為你的演講加分。

1. 大型演講的燈光配合

曾有一場 100 分鐘演講，令我們印象深刻。當時現場燈光的配合也讓人留下了很深的印象。

比如：其中有一段提道：「什麼是霧霾」，演講者為了解釋霧霾的存在，舞臺燈光先是由亮轉暗，只從最頂端打出一束光。即使隔著螢幕，我們也可以很清晰地看到空氣中飄起來的灰塵。

「霧霾就在這中間，但我們肉眼看不見。」演講者隨後說道。

這一段影片令我印象深刻，燈光的配合，讓我們看見灰塵的同時，自行腦補霧霾的畫面，對霧霾的印象更加深刻。

如果我們的大型演講需要燈光配合的時候，要在準備稿件的同時，想好需要燈光配合的時機，提前到現場與燈光師進行溝通、彩排，以達到演講時燈光配合的理想效果。

2. 大型演講的走位配合

在演講中演講者的走位也顯得尤為重要。

根據不同的場地，演講者要配合稍有不同的走位形式。大致情況分為以下兩種。

(1) 獨立大屏

大部分的場地都會採用獨立大屏。採用獨立大屏時要注意屏高，螢幕上的字若超過演講者身高，可以站在中間進行演講，伴隨著適當顧及觀眾的走位就可以。

若螢幕的字沒有超過演講者身高，此時需要演講者在講解 PPT 時，站在螢幕的側邊進行演講，以免擋住 PPT 上的字。

(2) 兩邊分屏

有一些場地，兩邊分別都有一個螢幕，中間沒有螢幕，這樣就正常站在場地中間進行演講伴隨適當走動就可以。

3. 大型演講的走位顧及觀眾

在前面多次提到「適當走動」顧及觀眾，這個主要是指大型場地，觀眾的座位基本呈三面環繞舞臺，並且有時設有二樓，這就要求演講者顧及三面的觀眾以及二樓的觀眾。不要長時間地在中間點站定，要適當地走動，照顧左右兩邊的觀眾。

演講者需要多與中後區的觀眾進行眼神交流，讓後面的觀眾感受到演講者的關注。

6.1.4　好的音樂為你的演講加分

在演說表達類節目的舞臺上，我們在欣賞優秀演講者演講的同時，還會被背景音樂深深吸引。

找一個適合的配樂會為演講增色不少。觀眾會跟隨著你說話的起伏和音樂的節奏來體會你在演講當中要傳遞的喜怒哀樂。

怎樣找到一個合適的音樂呢？這就需要有個「演講音樂庫」。聽到一個好的音樂，就把它下載儲存下來。我個人更傾向建立自己的「演講樂庫」，最好是下載下來或者放到隨身碟、雲端硬碟儲存起來。

因為現在的音樂播放器，如果沒有會員的話，今天這首

歌可以用，明天就會因為版權問題使用不了了。

　　同時，要將你的「演講音樂庫」進行音樂分類，哪些是熱情澎湃的、哪些是舒緩的、哪些是歡快的⋯⋯這樣會更好地便於以後使用。

　　場地的工具問題一一檢查彩排之後，我們來講一講演講者如何跟自己的 PPT 達到「P 人合一」。

第六章 〈呈現〉 舞臺演講不用愁，PPT 演講有訣竅

6.2 如何製作一個不錯的演講 PPT

很多人都因為演講 PPT 不夠好而失去了職業發展機會，演講使用怎樣的 PPT 比較好？

演講 PPT 是我認為在眾多 PPT 製作當中最簡單的之一，因為演講主要靠演講者來講，而 PPT 更多的是輔助項、加分項。所以，只要演講 PPT 做得別太差，都不至於為演講減分。

什麼樣的演講 PPT 比較好？

1. 字少、簡潔、有貼合演講內容配圖的 PPT 比較好

（1）字多則看字不看人

演講 PPT 往往也困惑了很多人。有很多演講者擔心自己記不住內容，幾乎將內容詳盡地羅列在 PPT 上。這樣導致本來能記住也不記了，過於依賴 PPT，演講就變成讀 PPT 了，對整個演講沒有任何幫助，反而會減分。

除此之外，即使能夠記住內容，也不要在 PPT 上放大量的字，否則觀眾一定會看字，而忽略演講者到底在講什麼。

（2）複雜的圖解，觀眾有負擔

有些演講者會放一些複雜的圖表在 PPT 上，觀眾一看就非常有負擔，更別說繼續看下去或者聽下去了。

(3) 有貼合內容配圖的 PPT 更受歡迎

有時有貼合內容配圖的 PPT，往往能夠造成加深印象，甚至幽默的效果。

2. 演講 PPT 注意細節

(1) 字號：32 號以上

PPT 上的字號不宜過小，否則觀眾看起來會很辛苦，而且越看不見越著急，越著急就越想看。

(2) 字體：微軟雅黑

大部分的情況下，我們都會選擇微軟雅黑字型，因為這個字型給人的感覺相對比較大氣而且幾乎所有的電腦都有。如果使用自己電腦特有的字型，演講時一旦用主辦方的電腦，沒有這個特定的字型，也會影響到演講狀態。

準備得越萬無一失，就越有信心，盡量全面地想好可能發生的情況。

當然並不是 100% 的演講都需要用微軟雅黑字型，也有例外。比如今天你要做一個跟歷史有關的演講，可以適當地採取一些古風類的字型也很好，更貼合自己的演講主題。

(3) 排版：最好不超過 3 行

字的排版最好不要超過 3 行，否則觀眾就會有字太多了的視覺疲勞。

3. 善用互聯網 PPT 工具

製作 PPT 時我們可以選取更快捷的方式，下載現成的 PPT 模板。網上資源無窮無盡，直接換內容稍做調整就可以使用。這個方法比較快速簡單。

這些 PPT 的注意事項可以更好地幫助我們，讓我們的演講順利進行下去。當我們與 PPT 達到「P 人合一」的時候，那大家已經是優秀的演講者了。

6.3 「P 人合一」讓你的演講彙報脫穎而出

本書在第三章講解了 3 個邏輯公式,在第六章的前兩節也對演講工具的配合使用和演講 PPT 的製作進行了簡單介紹。本節我來講解一個商務演講的重要公式以及這個公式在 PPT 上的運用。

在職場當中,大家也會遇到公司的路演、商務演講、宣講會。在這些跟公司業績、命運相關聯的重要演講場合,怎樣更好地突出公司的優勢、產品的特性,讓觀眾為之買單就顯得特別重要。

透過分析一些知名企業如蘋果、麥肯錫等公司的 PPT,我們可以發現這些公司成功宣講的背後,都遵循了這樣一個公式來進行講解,叫 BAF(E)(E)公式。

BAF(E)(E)公式可以幫助我們最大限度地突出對方所關注的利益點、自己公司或產品優勢,以抓住合作機會。

1. 銷售中的 FABE 法則

只要對銷售有了解和調查的人一定都聽過一個銷售法則叫:FABE 法則。FABE 模式是由美國奧克拉荷大學企業管理

博士、臺灣中興大學商學院院長郭昆漠總結出來的。FABE推銷法是非常典型的利益推銷法,而且是非常具體、有高度、可操作性很強的利益推銷法。它透過 4 個關鍵環節,極為巧妙地處理了顧客關心的問題,從而順利地實現產品的銷售。

F 代表特徵(Features):產品的特質、特性等最基本功能,以及它是如何用來滿足我們的各種需要的。

A 代表由這一特徵所產生的優點(Advantages):(F)所列的商品特性究竟發揮了什麼功能?向顧客證明購買的理由:同類產品相比較,列出比較優勢,或者列出這個產品獨特的地方。

B 代表這一優點能帶給顧客的利益(Benefits):(A)商品的優勢帶給顧客的好處。利益推銷已成為推銷的主流理念,一切以顧客利益為中心,透過強調顧客得到的利益、好處來激發顧客的購買欲望。

E 代表證據(Evidence):包括技術報告、顧客來信、報刊文章、照片、示範等,透過現場展示相關證明檔案、品牌來印證剛才的一系列介紹。

我們可以按照 FABE 銷售法則來進行一次銷售。

F:我們這款冰箱有冷藏和冷凍兩個主要功能,而且是三開門冰箱。

（用 F 進行基本功能介紹。注意，基本功能並不是產品優勢，而是這個物品本身就具有的功能。就像所有的冰箱都有冷藏和冷凍兩個功能一樣。）

A：除此之外，我們的冰箱有一個很大的優勢就是省電。一般的三開門冰箱平均每天耗電 2 度左右，而這款冰箱平均耗電只有 1 度左右。

（用 A 來介紹產品的核心優勢。）

B：省電就是省錢，1 天省 1 度電，相當於至少每天省 5 塊錢，那 365 天就省了將近 2,000 塊錢，很划算。

（用 B 幫顧客直接算出與他最直接的利益點，讓顧客一目了然。）

E：您看這是我今天上午的冰箱銷量，這款在早上已經賣出 5 臺了，很搶手。

（用 E 來證明很多人都在買或者很多人都關注這款產品，從而促使使用者立即購買。）

這是在日常中銷售人員使用的 FABE 銷售法則，也是 BAF（E）公式的起源。透過 FABE 法則，我們來了解 FABE 每一個字母的意思和具體的使用，以更容易理解 BAF（E）公式。

2.BAF（E）公式

BAF（E）(E)公式中的三個字母意思與 FABE 的中的字母意思完全相同。只是在使用中，順序有所調整，並且對 E 的部分不做強制要求，根據情況進行新增。

根據冰箱案例，可以發現在面對面的銷售當中，只要按照 FABE 法則的正常順序進行銷售就可以。但是在演講當中或者單獨上交一個投標書的時候，FABE 的正常順序造成的效果並不理想。

因為使用者往往沒有耐心聽我們講到 B（利益點）的地方，在那之前就已經失去了耐心。受標方沒有耐心在厚厚的標書中尋找 B（利益點）。所以，需要一開始就告訴觀眾，最直接能夠為觀眾帶來的利益是什麼、我們產品的優勢是什麼、基本功能是什麼。聽到後面，觀眾的注意力是否集中已經沒有那麼重要了，因為在開始的利益點已經可以深深地吸引他們。

所以，在開路演、商演、宣講時，前面不要鋪陳那麼多沒有用的訊息，直接用使用者最關心的利益點來打動他們，然後再進行詳細講解。這樣順序就變成了 BAF（E）(E)。

E 的地方可以省略，如果有成功的案例可以使用，如果沒有（新開發的專案、產品往往缺少市場證據）就省略不說。

符合 BAF（E）(E)標準的表達方式以及 PPT 演示方式，

最重要的部分就是將別人最關心的利益點放在最前面。能夠將閱聽人的關注點立即抓住並且更好地引導閱聽人繼續聽下去，從而達到商務演講直擊目標的效果。

第六章 〈呈現〉 舞臺演講不用愁，PPT演講有訣竅

用 BAF（E）（E）法
進行一次演講 PPT 工作彙報

對於目前沒有商務性質演講的人來說，在公司的工作彙報上依然可以使用 BAF（E）（E）來抓住主管的眼球。同樣重點在「B」上，讓主管知道，我們這一年為公司創造的利益點是什麼？為公司做出的貢獻是什麼？取得了哪些進步？

主管只需要透過你的 PPT 標題就可以得知答案，即使中途有事情出去接電話，也依然會對我們的工作彙報印象深刻。

本節課的訓練內容：結合自己的工作情況用 BAF（E）（E）法進行一次演講 PPT 工作彙報。

側重點在於用 BAF（E）（E）的方法來梳理演講思路，以及第一句話在 PPT 上的呈現。

為什麼我做不好 PPT 演講？

答：做不好 PPT 演講的因素大致分為三類：

1. 內容準備不充分

如果內容準備不充分，再好的舞臺、燈光也無法拯救演講者。按照 BAF（E）（E）的方法或者第三章提到的邏輯公式準備自己的演講內容。最好多次在場地進行預演，從而達到準備相對充分，做到心中有數。

2. 場地工具使用、配合不順暢

到場地現場可能還是會有突發情況出現，比如麥克風臨時不好用，停電等意外情況。如果出現了這類情況不要慌，根據自己臨場的反應和主辦方的安排來進行。並且意外也不一定是壞事，也許會是個好事。

在某節目的其中一集當中，在一個演講者表達到高潮的時候，現場突然斷電了。這個大意外對演講者的影響是很大的。觀眾和評審很有可能忘記他之前所有的內容，演講者自己也有可能忘記內容、心態崩潰……有太多太多的可能。

但這個小夥子在電力恢復之後，用自己很強的即興反應以及情懷，沒有按照原來的稿子進行演講，而是即興新增了內容。這份真摯的情感打動了評審，最終順利晉級。

3. 容易受到觀眾影響

有很多演講者會因為觀眾在臺下接電話、來回走動、睡覺、交頭接耳、皺眉頭而受影響，懷疑跟自己講得不好有關係。因為觀眾的這些反應覺得自己講得不好，從而過度地在意觀眾的反應，導致自己越講越沒有自信。

但實際上，觀眾都不是因為演講者而產生這樣的動作。可能是因為真的有重要電話要接，昨天晚上凌晨3點才睡覺，突然想到一個好玩的事或者感覺這個演講者講得不錯而跟周圍的人交流一下⋯⋯

不要因為這些跟自己毫無關係的觀眾反應而影響了自己的發揮。所以我在一開始就建議各位演講者，站在舞臺上的那一刻，我們就是主宰！不要想別人，講完就好！

到本章為止，我們已經從演講的自信入手，到幫助大家搭建自己的演講內容，擁有更好的個人氣場以及控場能力，再到與演講工具的配合呈現。毫不誇張地說，只要掌握了上述能力，我們絕對可以做一個完整的演講了。但是，因為經驗的欠缺，可能我們不能在所有場合都能夠輕車熟路地使用這些方法技巧。為此，我在第七章中，運用之前講過的演講技巧，結合大部分人可能會遇到的場合，進行了不同場合下的演講技巧應用，來幫助大家更好地應對不同場合的演講需求。

第七章 〈應用〉
在不同場合熟練運用演講技巧，
才是個人影響力的真正開始

第七章 〈應用〉 在不同場合熟練運用演講技巧，才是個人影響力的真正開始

當我們樹立了正確的演講認知，具備良好的肢體動作和聲音語調，表達充滿邏輯和重點，能夠快速對觀眾的種種反應進行及時回饋時，恭喜大家已經成長為一名優秀的演講者。

而要成為一名優秀又成熟的演講者，不僅僅要有好的舞臺展現和觀點表達，更要能在不同的場合熟練運用書中的演講技巧，這才是優秀演講者個人影響力的真正開始。

如果我們熟練運用即興演講技巧進行工作彙報時，會快速地讓主管了解我們的工作成果，展現工作能力。

如果我們熟練運用即興演講技巧參加年會分享時，會讓公司更多的人認識我們，記住我們。

如果我們熟練運用即興演講技巧進行路演招標時，會讓更多的客戶真正了解我們，更加青睞我們！

來吧，優秀的演講者們，熟練運用即興演講技巧，在不同場合中發揮個人影響力，這是從 0 到 1 的演講之路上重要的進階階段。

7.1 用精彩的工作彙報演講獲得更多晉升機會,讓主管體會到你的工作能力

好的工作彙報不僅可以將自己的工作進行有效梳理和總結,更重要的是,可以讓主管最直接地了解你的工作能力、表達能力。畢竟在職場當中,很難一次性同時見到很多個主管。工作彙報就是難能可貴的機會。如何在做工作彙報時脫穎而出?可以從以下三點入手。

1. 心態上:懼怕主管?不,只是說給主管聽

在職場當中,有一部分人平時的表達能力很不錯,部門內部開例會也能夠公眾演講,但是只要是稍微正式一些的大型場合,有多個主管在下面聽彙報,整個人就不好了,不知道怎麼講,會很緊張。

究其原因,很多人認為主管很厲害,在主管面前說話,或擔心自己說不好,或擔心被主管看穿,或看到主管嚴肅的表情就無法進行下去。

不要怕,身為彙報人、演講者要清楚,每一次在舞臺上說話的目的是什麼。工作彙報的主要目的就是告訴主管和同事,我這一年的工作成果、收穫、計劃是什麼,只是一種告

知性的演講彙報。

對於主管而言,這只是一個一年一度的了解員工工作的會議。對於同事而言,很多同事可能都在考慮自己應該怎樣彙報,可能也不會理會你的彙報到底怎樣。就算是有認真聽的,也只是聽聽而已。

所以,從心態上來說,只需要告訴自己,我只是把我一年的工作情況講給主管聽。保持平常心是絕大部分事情取勝的關鍵因素。

牢記:只是說給主管聽!

2. 肢體上:自然才是真的你

在做工作彙報的時候,肢體動作是否要跟我們前面說的一樣,盡可能多?在這裡我的建議是,不必太過於刻意。如果太刻意,可能會忘記自己的內容是什麼,畢竟工作彙報、工作總結還是一個很重視內容的會議。

只要自己覺得自然、舒服的手勢動作就可以。因為感覺舒服、自然的才是真實的自己,這樣我們才能發揮出自己最好的水準。

3. 語言技巧上:重要的事情一定要提前說

還記得「邏輯篇」中提到的重要性順序和「呈現篇」提到的 BAF(E)(E)公式嗎?這兩個小節都是告訴我們要把最重

要的事情提前說,要把對方最關心的事情提前說,工作彙報也不例外。

在王琳老師的《結構性思維》這本書中提到:結論需要提前說。把最重要的一句話放在最前面,讓別人一目了然。

之前,有位朋友在某集團工作,有一天一臉苦惱地找我,說公司主管讓她寫一個建議書,主要目的是希望 HR 部門幫忙應徵一些有經驗的員工,否則他們的一些專案會受到很大影響。

但是這個建議書她寫了三遍,主管還是不滿意。主管只說了不滿意,但是也沒有告訴她怎麼調整,所以她很迷茫,不知道如何調整才能夠達標。

我看了一下她的建議書,用了 20 分鐘左右的時間將所有段落提煉總結。

她將我調整過的版本提交後,主管非常滿意,直接通過。

案例

原標題:×× 分公司嚴重缺員的困境及對策建議。

修改後標題:增強人力資源管理,推動公司業務專案正常運轉。

我並沒有將內容進行任何調整,花 20 分鐘就做了一件事,就是「重要的事情提前說」。

第七章 〈應用〉 在不同場合熟練運用演講技巧,才是個人影響力的真正開始

在做工作彙報的時候,將重要的事情提前說,保持平常心態,用自然放鬆的肢體動作來表達自己的內容,就會為你的工作彙報加分,更好地展現自己,讓主管透過工作彙報認識你、了解你,甚至重用你。

7.2 在公司的演講大會上脫穎而出，讓主管更加青睞你

現在越來越多的公司開始注重當眾演講，甚至有些公司還特意設立一些演講比賽。如果大家抓住公司舉辦活動的機會，對自己的職場生涯會有很大的轉機。

記得在六七年前，某銀行分行聯繫到我們，希望能夠為他們二十幾位年輕員工做兩天演講培訓，他們要參加全國體系內的演講比賽。隨後，我們就開始了培訓。

在培訓中，我實在是好奇，就問了當時銀行帶隊培訓的負責人，為什麼突然讓這麼多員工都來學習演講？我們展開了下面的對話。

我：「王總，您好。我實在是好奇，想問問您，只是參加公司內部舉辦的一個演講比賽而已，這次為什麼要這麼重視？帶這麼多人來學習？這些同事全部參加這次比賽嗎？」

王總：「這一次確實不同，之前我們的比賽只是走走形式，大家讀讀稿子就算了。這一次上級下達指示，要求所有人全部脫稿，並且強調大家要重視起來。而且這種比賽之後可能要成為常態，也不一定一年只有一次了，可能會有 2～3 次。這二十幾個人是我們公司最年輕的一批員工，讓他們

都來學習一下,從中篩選出幾個比較不錯的參加比賽。」

我:「那被選中的參加演講比賽的同事,如果比賽獲得了不錯的成績,對他們的工作有影響嗎?」

王總:「當然有影響,如果能拿到名次,以後就單獨負責演講這個板塊的工作內容了。」

直到這一刻我才意識到,原來演講可以幫助大家在職場抓住更多機會。在演講大賽上脫穎而出,獲得主管青睞,也是我們展現自己能力的重要機會。

7.3 在公司的年會分享中引人注目，讓大家都記住你

公司年會分享同樣也是能夠展現自己工作之外另一個的好機會，也可以讓更多公司的主管和同事認識你。如何在公司年會分享中更加引人注目呢？要做到以下兩點。

1. 心態上：時刻準備著

不論這次年會是否提前通知你要分享，在心態上大家都要做好被臨時叫起來分享的準備。以免真的被臨時邀請分享時，即使有內容，但由於太突然，反而什麼都說不出來。

換個方向說，當我們在心態上做好了要分享的準備時，也有很大機率上會真的被邀請分享。這就是吸引力法則。

2. 內容上：按照「一心二用三收」來準備

當我們做好心態上準備的時候，要從自己這一整年的工作中挑選一個重點詞，按照「邏輯篇」一心二用三收的公式來進行分享，就可以保證即興演講時間至少有 3 分鐘。

比如，總經理會這樣邀請我們：「這一整年，最辛苦的部門就是業務部門了，這個部門為我們帶來了業績的新高，下

面有請業務部的總監來分享一下。」

這個時候的邀請,可能完全是隨機的、臨時的,總經理沒有提前通知的。我們可以圍繞某一個詞來進行分享。

今年我們之所以能夠在如此困難的行業大環境下,依然保持業績增長,是因為總經理的支持和各部門的團結合作。

大家還記得年初的疫情為各行各業帶來的衝擊嗎?其實我們也是一個嚴重受到衝擊的企業。當我發現線上是一個好的趨勢時,馬上跟王總申請,快速開啟線上模式。本以為這件事情的推動會需要很長的週期,結果沒想到在王總的鼎力支持下,這個原本需半年時間完成的事情縮減到 1 個月就完成了。我們的線上創收正式開始。

再次感謝總經理的支持和帶領!

同時,也感謝其他各部門夥伴對我們業務部門的支持。財務部在流程上給了我們最大的便利,人事部幫我們應徵到了很多人才,後勤部在後方為我們提供了保障。我們業務部門的各位同仁為了工作也不辭辛苦地加班加點,達成自己的目標。

能夠收穫今天的成績,我覺得完全是大家的功勞,再次感謝大家的支持和配合。

最後,我希望公司能夠業績不斷增長,各位同事能夠在公司共同成長,事事順心,謝謝大家。

保持良好的心態並適當運用演講技巧,是即興分享的核心要素。只要我們能平穩完整地表達出來,演講就已經成功了。

7.4 在公司的路演中增強說服力，讓投資商更信賴你

很多演講者代表公司參加一些路演來推廣公司的經營理念或者新產品，讓投資商更好地了解自己公司的產品。

但演講者在路演中往往由於說服力不足而無法獲得投資商的信任。主要原因是路演演講者的表達過於單一，導致內容千篇一律，而並沒有結合自身的情況來進行講解，往往讓投資商聽了覺得沒重點，沒特色。

路演中增強說服力要做到以下兩點。

1. 具備投資商思維

如果我們是投資商，更傾向於投資給怎樣的企業？如果讓投資商投給我們公司，我們應該展現怎樣的優勢？這些優勢是否真的是我們的優勢？

在溝通當中換位思考很重要，在演講當中觀眾思維很重要，在路演當中具備投資商思維很重要。投資商雖然有資金，但現在投資標的這麼多，為什麼要投我們公司而不選擇其他公司？這就需要演講者在路演中極大程度地用投資商思維去思考。如果我是投資商，為什麼我要投給這家公司？是

行業優勢，還是產品優勢，抑或是團隊優勢？想好一個最適合的切入點進行講解。

2. 用最佳優勢進行演講

這一點要特別注意，很多演講者在進行路演演講時都會將公司介紹放到第一個板塊。但其實不然，如果公司成立時間不長、團隊初創成員名氣不大，在路演中第一個介紹公司團隊，投資人會認為這個團隊實力不如昨天看到的團隊。畢竟投資在相當程度上需要看人的因素。

如果讓投資人留下了這樣的印象，不論專案多麼有創意，成功的機率也會大大減小。

所以，首先要分析自己公司跟其他公司相比最大優勢是什麼？如果是產品本身，就先結合市場中的痛點將產品率先提出來。如果該產品在市面上已經有了，但公司的優勢是打造產業鏈，也可以先講解公司理念。若公司團隊成員本身就是優勢，當然可以直接先介紹團隊成員。

7.5 在公司的宣講會上講解清楚，突出產品優勢，讓客戶有消費欲望

在公司宣講會的時候，很多人都有失誤，往往讓員工按照他們的模板進行背誦。但往往模板本身就有問題，跟路演的情況很像，分別介紹公司、團隊、公司理念、產品來源等。如果是路演投資商有可能會感興趣。但對於普通使用者來說，根本不關心這些。

所以我們要具備使用者思維，使用者在購買或者使用產品時最在意什麼？在意這些產品是否能夠解決他們的痛點。所以從一開始就應當採用我們在「邏輯篇」所提到的 PRM 模型。

先提出使用者在日常生活中的一些問題，分析原因，給出解決方案。透過這個方式來引起觀眾的興趣，然後再告訴觀眾，為什麼我們的產品可以解決這個問題，因為我們背後有強大的技術團隊的支持，這樣可以順利地銜接到公司團隊的部分。而不是在最開始講一些使用者完全不知道、不關心的人和事。

只有講使用者真正關心的問題時，我們的演講才會真正發揮作用。在演講結束後，才能夠讓產品深入人心，甚至達

到快速成交的目的。即使需求較低的客戶，也會對產品和演講者本人有很深的印象。當有一天使用者的需求變強時，會第一個找到那個印象深刻的人和公司來進行諮詢。

用你的演講影響身邊更多的人

其實演講的結束才是真正的開始,因為透過演講,讓更多的人了解到了你、公司和公司產品等。無論本書介紹了多少種能夠讓你掌握的演講技巧和方法,如果不進行刻意練習,還是很難真正融會貫通的。所以,請從這一刻開始進行演講吧。讓我們的演講影響到更多的人,哪怕只從 30 秒的自我介紹開始。

為什麼我總是不能向客戶清楚講解公司的新產品？

答：一般情況下主要原因有以下三點。

1. 對產品不熟悉

如果演講者對產品本身的功能性質都不熟悉，是很難講清楚說明白的，所以熟悉產品特性和屬性是第一步。

2. 不知道如何進行講解

前面我們提到過 FABE 的銷售模型，按照這個模型進行講解都能夠突出產品特點，讓顧客了解產品。

3. 使用者要什麼給什麼，不要把全部訊息都給他

很多人沒辦法向使用者講清楚是因為在進行產品話術的背誦，只是將所有的內容一股腦地給了使用者，讓使用者自己去分辨到底哪些是自己需要的，哪些是不需要的。這樣的講解沒有任何的意義。

比如，我們公司有一款產品是 54 張撲克牌。

當 A 客戶說：我要 10。我們就要給使用者 4 個 10。

當 B 客戶說：我要黑色。我們就要給使用者黑色的牌。

當 C 客戶說：我要 18。我們應該給什麼呢？

千萬不要說我們公司沒有 18 這個產品。18 這個產品可以是 10+8，9+9，5+5+4+4……公司不僅有這個產品而且還有很多種方案。

那麼反過來看 A 客戶需要 4 個 10，就不能只給 4 個 10。因為能夠組合成 10 的產品有很多種方案。

演講者要從使用者的需求入手進行產品方案的提供和匹配，而不是將所有的產品都給使用者，讓使用者自己選擇。通常使用者都無法選擇，因為他們一聽到這麼多資訊就已經暈頭轉向了。

第七章 〈應用〉 在不同場合熟練運用演講技巧，才是個人影響力的真正開始

後記：于木魚的從 0 到 1 的即興演講之路

每一個普通人都可以學會即興演講，因為我就是普通人。

退伍後迷茫但不迷失

2011 年 11 月 25 日，我退伍了。那個時候的我很迷茫，並不知道應該做些什麼。只能在家裡待業了一段時間。隨後，進入公家機關工作。那份工作，我去的第一天就看到了自己 20 年以後的樣子。但那個時候迷茫的我沒有任何辦法，只能在心底告訴自己：「不，我不能這樣。」現在想來，那個時候雖然迷茫，但是我並不迷失。也正是因為這種不迷失的內心，讓我看到了可以改變的機會。

表哥是表率

隨後在一次家庭聚會上，我驚奇地看到了表哥的蛻變。

之前每次家庭聚會，表哥就像是一個「透明人」，少言寡語，即使說話，我們也聽不清楚。現在想來應該是口腔沒有開啟，簡單來說就是懶得張嘴說話。

但這一次家庭聚會，他竟然侃侃而談，並且已經成為一名出色的婚禮主持人，一年主持的婚禮有 30 場，整個人也自信了很多。用「脫胎換骨」來形容都不為過。

那天就連說話冷冷的父親都跟我說：「你看你哥都能成長，你得加把勁，你還這麼差勁！」

雖然父親的話難聽，但也並非沒有一點道理。表哥的蛻變真的令人驚嘆。於是在表哥的推薦下，我去學習了當眾演講。

演講小白也可以成為即興演講達人

還記得我第一次見到老師時，她讓我準備一個 5 分鐘的即興演講。身為一個什麼都不懂的小白，完全是丈二金剛摸不著頭緒。

我說：「我還不會演講啊！」

老師：「沒關係，主要就是讓大家認識一下你，講多講少都可以，開口才是最重要的。」

我：「那好吧，我試試。」

那個週末，我第一次站在了舞臺上，跟所有初登舞臺之人一樣，我能夠感受到自己的腿在抖、手心出汗、面紅耳赤，心臟都快要跳出來了。就在這時，我看到了老師溫柔的微笑和信任的點頭。我硬著頭皮，把之前準備的東西一口氣

講完了。雖然到今天我早已不記得當時講了什麼內容，但我依然可以清晰地記得那種感覺，那種想逃離舞臺的感覺。

正當我以為一定會被大家「噓」下去的時候，令人意外的是，臺下響起了雷鳴般的掌聲。那是我第一次感受到被認可，那是我第一次體會到舞臺的魅力，那是我第一次開始真正愛上即興演講。從那一次開始，我對演講的喜愛變得一發不可收拾。

我甚至每時每刻都在想演講，走路在想、上班工作的時候在想、開啟電腦、手機的時候就開始尋找素材，甚至連洗澡的時候都在思考如何講好一個話題。

當我認為自己準備得差不多了的時候，我就開始對著鏡子講、對著桌子講、對著床講，好似它們都是活生生的生命一樣，好似它們能夠給我回應一般。就這樣，由於我的充分準備，大概 3 個月的時間，我就獲得了優秀學員的稱號。

這時我真正完成了從一個演講小白到即興演講達人的蛻變。遇到任何一個話題，我都可以很快地處理。

將熱愛變成職業

演講給了我更多的自信，也讓我知道了自己可以有更多的可能。隨後，一次很偶然的機會，我得知自己可以跟老師一樣成為一名演講培訓師。於是，我跟老師表達了自己想成

為一名演講培訓師的想法。在這件事情上，我表現出了極大的熱情和堅定。

終於老師同意了。在那一年夏天，我成為老師的助教。

助教的工作也並不輕鬆，從開場到練習再到點評，每一個環節都練到了極致。最難的就是點評，因為老師對我的要求很高，必須要提出對同學們最全面、最有針對性的回饋。就這樣堅持不懈地練習了兩年時間。

終於有一天，老師跟我說：「小於，從明天開始你可以講課了。」那種喜悅，可能是近 10 年來，除了出書以外最令我興奮的時刻了。

就這樣，我的培訓之路正式開始了。將熱愛變成自己的職業，就會變成每天熱愛，每天開心。當我看到還在為即興演講苦惱的你時，我會毫不猶豫地伸出手，充滿微笑地告訴你：「你也可以講得很好。因為我們都一樣，我們會在普通的生活裡活出不普通的樣子。」

這本書，是讓每個人學會即興演講的全新開始。

將熱愛變成職業

國家圖書館出版品預行編目資料

從 0 到 1 搞定即興演講：3KY 自我介紹法、時間順序邏輯、PRM 演繹模型、核心主題歸納……從職場到日常，超百搭演說技巧大公開！/ 于木魚 著 . -- 第一版 . -- 臺北市：財經錢線文化事業有限公司，2024.08
面； 公分
POD 版
ISBN 978-957-680-949-1(平裝)
1.CST: 演說術
811.5　　113011219

從 0 到 1 搞定即興演講：3KY 自我介紹法、時間順序邏輯、PRM 演繹模型、核心主題歸納……從職場到日常，超百搭演說技巧大公開！

作　　者：于木魚
責任編輯：高惠娟
發 行 人：黃振庭
出 版 者：財經錢線文化事業有限公司
發 行 者：財經錢線文化事業有限公司
E - m a i l：sonbookservice@gmail.com
粉 絲 頁：https://www.facebook.com/sonbookss/
網　　址：https://sonbook.net/
地　　址：台北市中正區重慶南路一段 61 號 8 樓
8F., No.61, Sec. 1, Chongqing S. Rd., Zhongzheng Dist., Taipei City 100, Taiwan
電　　話：(02) 2370-3310　　傳　　真：(02) 2388-1990
印　　刷：京峯數位服務有限公司
律師顧問：廣華律師事務所 張珮琦律師

-版權聲明-
本書版權為樂律文化所有授權財經錢線文化事業有限公司獨家發行電子書及紙本書。
若有其他相關權利及授權需求請與本公司聯繫。
未經書面許可，不可複製、發行。

定　　價：350 元
發行日期：2024 年 08 月第一版
◎本書以 POD 印製
Design Assets from Freepik.com